U0931434

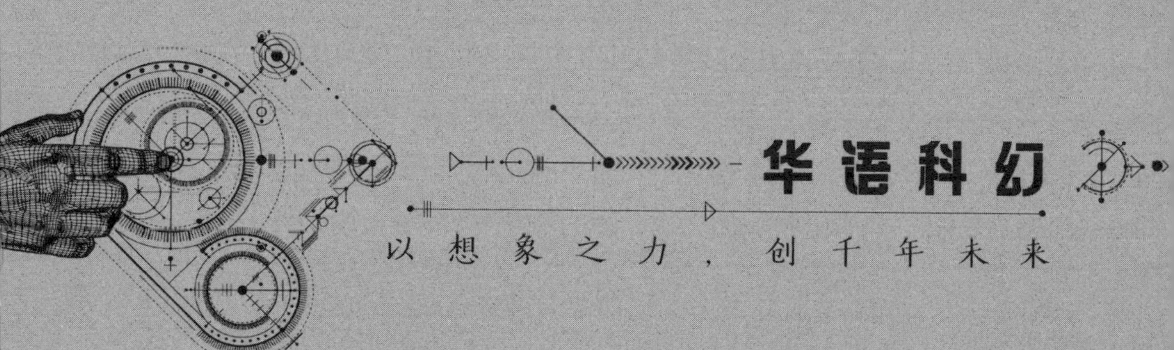
华语科幻
以想象之力，创千年未来

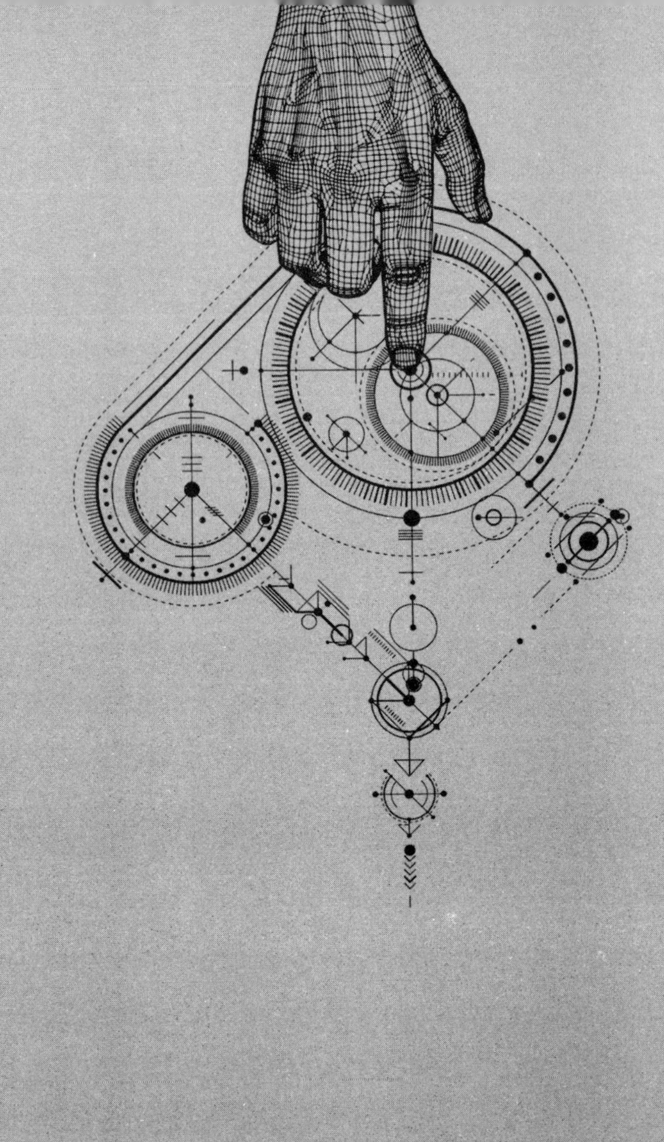

金涛科幻精品系列

马里兰警长探案

金　涛——著

科学普及出版社
·北　京·

图书在版编目（CIP）数据

金涛科幻精品系列．马里兰警长探案 / 金涛著．--
北京：科学普及出版社，2024.1
（百年科幻）
ISBN 978-7-110-10618-1

Ⅰ．①金…　Ⅱ．①金…　Ⅲ．①幻想小说—小说集—中国—当代　Ⅳ．① I247.7

中国国家版本馆 CIP 数据核字（2023）第 084622 号

策划编辑　曹　璐　王卫英
责任编辑　王卫英
封面设计　书香文雅
正文设计　书香文雅
责任校对　吕传新　张晓莉
责任印制　徐　飞

出　　版　科学普及出版社
发　　行　中国科学技术出版社有限公司发行部
地　　址　北京市海淀区中关村南大街 16 号
邮　　编　100081
发行电话　010-62173865
传　　真　010-62173081
网　　址　http://www.cspbooks.com.cn

开　　本　720mm × 1000mm　1/16
字　　数　819 千字
印　　张　57
版　　次　2024 年 1 月第 1 版
印　　次　2024 年 1 月第 1 次印刷
印　　刷　天津泰宇印务有限公司
书　　号　ISBN 978-7-110-10618-1 / I · 665
定　　价　180.00 元（全 6 册）

目
录
Catalogue

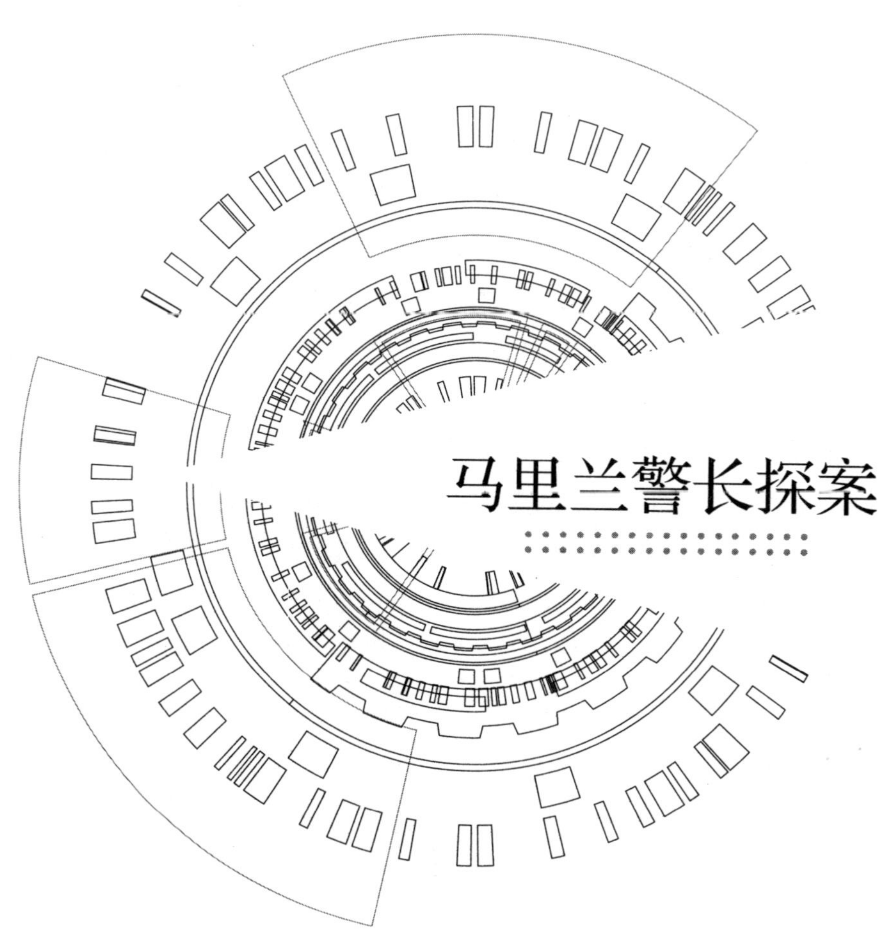

马里兰警长探案

一　河边夜话

虽然到了21世纪晚期，夏天还是像历史记载的那么酷热难耐。树上的知了不但没有绝种，而且聒噪的吼声比起它们的老祖宗来有过之而不无不及，听了叫人心烦意乱。一到傍晚，太阳收敛最后的余晖，在参差不齐的楼房上空撒下偌大的夜幕，这座无精打采的城市就如注射了一剂兴奋剂般突然亢奋起来，这番病态似乎和上个世纪也没有多大区别。

不过，若留心观察的话，大街两旁的商业大厦、超级市场和生意兴隆的饮食店、美容厅，尽管也装饰了五光十色的霓虹彩灯，店堂里的壁灯、顶灯、日光灯、弧光灯通通闪光，但你会发觉灯光相当昏暗，几乎同烛光差不多，没有如同白昼的璀璨景象——那种不夜城的情景多年没有见到了。无须打听，这种情况不是一天两天了，人们早已习惯在昏暗的灯光下生活、做买卖，甚至玩个通宵。席卷全球的能源危机的阴影使夜色变得暗淡，谁也无力扭转。听说议会为了节约宝贵的能源，不得不计划实施上个世纪战时的灯光管制政策，以应付石油的严重匮乏和电力供应的紧张，具体公布的时间指日可待了。

闲话休提。我们的故事发生在这个平凡的世纪一个平凡的夏天，平平淡淡、没有波澜的生活之河日夜流淌，终于流到一个月色无光、天气闷热，连刮来的风也热烘烘的傍晚。

马路水泄不通，各式各样的轿车、满街乱钻乱闯抢生意的“的士”，并不因为汽油涨价而罢工，反而像萤火虫一样乘着夜色挤满大街小巷。很宽的人行道上挤满熙熙攘攘的行人，外地人还以为是举行盛大集会，其实每天傍晚都是如此。下班以后跑来购物的、一家人吃完饭逛街的、腰包里有几张信用卡前来寻找刺激的，还有毫无目标东张西望消磨时间的，乱乱哄哄，热浪一阵高过一阵，颇像一个嘈杂的蜂房。

人群中，一个衣着朴素、不施粉黛的姑娘步履匆匆地走着。她无心欣赏橱窗琳琅满目的商品，对擦肩而过的行人也懒得看上一眼。她的步伐像小鹿一样迈得很快，偶尔瞥一眼道旁的路牌。遇到路口的红灯，她焦急地左顾右盼，绿灯一亮，立即大步穿行过去。

她身材修长，鼻梁高挺，皮肤白净，有一头令人羡慕的金发，不过她的眉宇紧锁，脸上罩了淡淡的愁容，这倒给她增添了几分娇媚。她挎着一个很考究的鳄鱼皮女士小挎包，造型很精巧，走路时总是用手攥住小挎包，好像唯恐被人抢走似的。

穿过十字路口最繁华的地段，她沿着一条横街的房檐走不多远，前面就是灯火疏朗的河港码头。这里比较僻静，临河一排铁栅栏过去，朦胧的灯火映出几艘货轮的轮廓，那里有几台巨大的起重机扬起长臂，从货轮的舱里吊下沉重的集装箱，不时有工人的吆喝声和指挥调度的哨声传来。码头斜对面，有一条很深很宽的巷子，两旁的房屋隐藏在黑暗里，只有窗户和不时推开的门泻出昏暗的灯光。金发姑娘在巷口窥探片刻，然后壮起胆子朝里面走去。

路灯昏黄，一股潮湿腐烂的怪味扑鼻而来。她这才注意到，巷子两旁是一家挨一家的下等酒馆和饭馆，间或也有几家较为干净的咖啡馆。她正在左顾右盼，迎面几个醉醺醺的汉子从一旁的酒馆踉踉跄跄地走出，嘴里哼着小调，夹杂着粗野的号叫。她赶忙闪进路旁的阴影里，等醉汉们过去，这才继续朝前走去。

她在一家门面不大的咖啡馆前停住脚步。店面临街的玻璃上胡乱涂写了几个斗大的字——郁金香，这是咖啡馆的招牌。不错，是这儿，她贴着玻璃向里窥望。这时，身后传来唤她的声音：

“卡玛——”

姑娘蓦然回首，路灯下站着一个笑吟吟的水手，他身躯魁梧，短头发，牛仔裤，上身着海员的海魂衫，显得潇洒而英武。

“琼斯——”姑娘喜出望外，这正是她要找的人。她朝叫琼斯的水手走去。

“我有事耽搁了，晚来了一步。”琼斯说。

“我也是刚来……”卡玛说。

寒暄了几句，琼斯提议进咖啡馆坐下谈。是琼斯约她在这里见面的，可是卡玛对这条藏污纳垢的小巷似乎没有好感。

“这儿好乱，脏死了，我们还是到河边去吧，那里也凉快。”她提议道。

琼斯没有反对，他俩原路返回离开小巷，走向路广人稀的码头，沿着河边的防波堤而去。

“我还以为你已经坐飞机走了呢，所以我接到你的电话，还以为你是从巴黎打来的。怎么突然改变计划了？”琼斯望着河上的灯火——那是一艘移动的轮船——对卡玛说。

卡玛默默地望着脚尖，低头不语。这时，粗心的琼斯才发觉，卡玛的表情有些异样，像是有满腹心事的样子，不禁问道：“对了，卡玛，出了什么事？你这么急急忙忙找我，肯定有什么事。”

“是的，我遇到了麻烦，现在不知道怎么办才好。”

“到底是怎么回事？”

“我现在脑子很乱，一切都太突然了。”金发姑娘说，“昨天，我打电话告诉你，我要和马勒教授一道去欧洲旅行。今天早上，我们收拾东西，做好了出发的准备，马勒教授的女儿来送行。我们的机票是下午4点的航班。没有想到，马勒教授突然死了，几分钟以前，还是说有笑的人，一会儿就停止了呼吸。”

“这倒没有什么值得大惊小怪的，人类和我们不同，他们表面上看起来很强壮，实际上挺脆弱。你只要到医院去看一看就知道，几乎没有一个人没有这样那样的病。他们的任何一个小零件出了毛病，整个机体就完蛋了。”琼斯知道，卡玛在马勒教授家里当用人，那个老头儿为人很好，是个很有学问的科学家，但也不值得为他的死那样惊慌失措。

这里，需要补充说明，免得读者产生误会。卡玛和琼斯都是机器人。在这个科学昌盛、技术发达的时代，机器人就像上个世纪的电视机一样进入千家万户。制造工艺的精巧和遗传工程技术的新成就，使机器人无论从外观还是智力水平，都已经达到以假乱真的程度。你在街头遇上一位彬彬有礼的小伙子向你问路，或者在办公室接待一位求职的妙龄女郎，你可得留点儿心眼，多打听打听，因为说不定他（她）就是个机器人。当然，人类很欢迎这种高科技的新产品，购买机器人只需一次性投入，管理和使用都很省心。它们不需要太多的消费，不吃不喝，也不会为工资待遇而吵闹，年终也不要老板或主妇发红包。它们对工作也不挑肥拣瘦，脏活累活任劳任怨，绝不会闹罢工、搞游行，给当局出难题。所以不少企业、工厂、公司都大量雇用机器人，尤其是近些年投入市场的多功能家庭服务型的机器人，它们多是女性型，电脑设计也赋予其女性的优点，性格温存不说，而且做事细心，认真负责，还心灵手巧，所以很多家庭主妇都愿意购买，充当女佣、孩子的保姆或者女管家。这类机器人最大的开销是定期要给它们做几套新衣裳——它们和女人一样也挺爱美呢！

再回过来说卡玛和琼斯的对话。卡玛对琼斯的说法很不以为然，她告诉琼斯，假若马勒教授是正常死亡那自然另当别论，可是种种迹象表明，马勒教授死得十分突然。“琼斯，你说怪不怪，他拿起电话没讲上几句话，马上就倒下来了。”她讲。

“没有找医生看看吗？”

“怎么不找医生，马上就送到了医疗条件最好的市急救中心。”卡玛说，“我在旁边听得清清楚楚，那个白头发的急救医生说，马勒教授好像不是正常的死亡。”

“啊，那他有没有说是怎么死的？是不是有人要暗害他，事先下了毒，或者从背后给他一束激光……”琼斯随口说道，停顿一下，他又补充道，“你也不用操那么多的心，如果他们家的人认为有疑问，可以向警察报案。你看电视里面那些侦探，一个个不是神通广大吗？”

听琼斯这样讲，卡玛紧锁的眉头舒展开来，脸上漾出好看的笑靥。

“琼斯，你的看法跟我想的一样。”她拉着琼斯的手说，“我也觉得马勒教授死得太冤，我真想去找到那个残忍的凶手，亲自问问他，为什么要害死那么好的人，我真不理解。”

“卡玛，你太天真了，人类的好多事情我们是永远无法理解的。他们虽然非常聪明，智商很高，但他们的差别太大，比电子管和集成电路的差别还要大上几千几万倍。我们永远不能了解他们内心的秘密。”琼斯的脸色变得严肃起来，他问卡玛：“现在，你失去了主人，却也得到了自由，下一步你想怎么办？”

“我找你也是想商量这件事。”卡玛的手摆弄着小挎包。突然，她想起一件事，差点忘了。“啊，琼斯，我发现了马勒教授家里的电话有一盒录音磁带，我将它取来了，我想磁带也许会记下什么，说不定对破案会有帮助。”说罢，她从小挎包里取出一盒磁带。

琼斯接过磁带，翻来覆去地看，磁带并无特殊标记，他的眉头皱了起来。

“你拿磁带时有没有人在场？”

卡玛摇摇头。她纳闷，琼斯怎么了，他干吗这么神经兮兮的？

“这是个麻烦。”琼斯四处张望，码头上没有人，远处卸货的起重机已经歇息了。“你想，如果没有事，这当然好。如果这盒磁带像你所说的有问题，那么你就是带了重要物证的人，不管是警方还是案犯都不会放过你，他们一定要找到这盒磁带，虽然出发点不同，那样，你就要遇到麻烦。”琼斯说出自己的忧虑。

“有那么严重吗？”卡玛吃惊不小，她觉得自己太单纯、太莽撞，还是琼斯比自己老练得多。

“岂止这样，如果这盒磁带真的是很重要的物证，那么案犯会不择手段找到它的下落，那你的处境不是很危险吗？”

卡玛一时语塞，她没有料到事态会有这么严重，说不定自己无意中卷入一场复杂的案件中。

琼斯见她没有吭声，唯恐把她吓坏了，连忙抱着她的肩头。“不用急，我们想想办法。你先到我们的船上住下，我来帮你处理这件棘手的事情。”

说罢，他拉着卡玛的手，朝码头那边走去。

河岸的陡坡下面，停泊着一艘吨位不大的货轮，甲板和货舱堆满小山似的煤块。琼斯就在这艘运煤船上当水手。

“我们的船就是脏得很，你只好将就些。”踏上跳板时，琼斯咧开嘴笑道。

卡玛上船后站在船舷，跳动的河水拍打船帮，发出哗哗的声响。远处，灯火点点，影影绰绰。她不禁想起历历往事……

二　体育场事件

那是一个风和日丽的星期天。市郊17号高速公路南边的体育场彩旗飘扬，哇哇叫唤的高音喇叭声闻数里。平日冷冷清清的椭圆形训练场，此时到处簇拥着里三层外三层围观的人群，看台的阶梯人头攒动。体育场外面偌大的停车坪黑压压停满无数的小汽车，还有许多甲壳虫从四方蜂拥而至。

据当地电视台现场报道，这般热闹的景象很久没有出现了。从上个月开始，电视台每天都在黄金时间展开机器人大拍卖的宣传攻势，几十家机器人制造公司竞相做广告，大肆宣传本公司最新研制的机器人。这批投放市场的各种型号的机器人将在体育场公开拍卖，当面成交，价格将优惠10%~30%，而且可以分期付款。这一招推销术着实奏效，许多人是奔着它而来的。

卡玛和琼斯就是在这场拍卖会上结识的。他俩和其他的机器人排成行，由拍卖商领着，从看台下面的休息室走上运动场中央临时搭起的高台，这时全场响起暴风雨般的掌声。“这番情景很像中世纪的奴隶拍卖。”现场实况电视转播的话外音这样评论。又矮又胖的拍卖商像个马戏团小丑摘了头上的礼帽，向观众鞠了一个90度的躬。

“琼斯，过来！”拍卖商以欣赏的目光扫视了十几名即将拍卖的第一批机器人。他将手里长长的电棍指向其中一个年轻的机器人，抓住台前的麦克风，高声喊道：“女士们，先生们，这一位琼斯先生是TAC公司推出的最新产品。你们看，他的体型好比古希腊的美男子大卫；他的体力不亚于古罗马的斗牛士；他的智商嘛，超过苏格拉底和柏拉图；他的忠诚，对，他的忠诚好比是鲁滨逊的礼拜五，是个忠心耿耿任劳任怨的仆人。琼斯，你说我说得对吗？”

拍卖商话音刚落，场上欢呼声像浪涛一样此起彼伏，待喧闹声稍稍平静，台下有人挑衅地喊道：“喂，伙计，你别吹！你的那个斗牛士敢不敢跟我的保镖比试比试？如果你赢了，我就买下你的机器人，否则，你最好滚到一边去！”

说话的是个满脸络腮胡子的汉子，头戴一顶宽沿的墨西哥遮阳帽，脸孔罩在阴影里。他的身边是个膀大腰圆的黑脸大汉，眼里射出傲慢的目光。

拍卖商闻声一愣，转而脸上堆满谄媚的笑容。他是干这一行的老手，知道对手不是好惹的。比赛吧，他真担心琼斯不是黑脸保镖的对手，他一眼看出，黑脸保镖是职业型拳击机器人，力大无穷；可是，如果不接受挑战，今天的买卖肯定砸了，这可是关系几十万美元的生意。看来，这是他的竞争对手事先设下的圈套。

他也是见过世面的人，灵机一动，随即笑嘻嘻地面向众人道：“诸位，现在这位先生要求我的机器人和他的保镖比试高低，我对这个主意很感兴趣。不过，比赛嘛，要有裁判，另外，我还得征求琼斯先生的意见，看看他是否同意，你们说对不对？”

回答他的是一阵噼噼啪啪的掌声，也有人吹口哨，乱嚷嚷。世上的人大多喜欢起哄，谁不愿意来点刺激？

“喂，你别耍花招，有种就来比试比试。”络腮胡子推开众人挤到台前，召唤他的保镖，“吉米，上！”

那个名叫吉米的黑脸保镖不敢怠慢，一个箭步跃上高台，落在那个拍卖商面前。

拍卖商一惊，连忙扬起手中的电棍挡住黑脸大汉。“等一等！”他厉声喝道。看来，箭在弦上，不得不发，他只能接受对方的挑战了。

他对着麦克风说：“好吧，既然这位先生要一决雌雄，我只好奉陪了。不过，当着大家的面有言在先，琼斯先生的标价是5万美元，一旦你们输了，请不要赖账，怎么样？”

络腮胡子脸上挂着冷笑，从贴身的皮夹子里掏出支票簿向观众扬了扬，“大家看见了……”他趾高气扬地说。

人们的情绪亢奋极了，喝彩声、掌声、口哨声响作一团。

拍卖商转向站在一侧表情冷漠的琼斯：“琼斯，现在这位，噢，他叫吉米，吉米先生要跟你来上几个回合，你是否接受他的挑战？”

场上顿时鸦雀无声，人们竖起耳朵等待英俊的机器人的回答。

琼斯这时佯装和身旁的卡玛悄声细语，对拍卖商的询问不予理会。卡玛悄悄地提醒他：“老板正在问你呢。”

“我不能伤害同类，我也不愿意给别人当猴子耍。”琼斯压低声音道。

“可是已经到了这个地步，你拗得过他们吗？”

“不，我宁可让那个吉米打死我，我也决不伤害他。”琼斯表示。

拍卖商一连喊了三声“琼斯”，没有听见回答。这时台下的哄笑声像浪潮一样涌来。他恼羞成怒，怒气冲冲地跑过来，粗暴地拽住琼斯的胳臂。“你聋了吗？我在问你，你……你是否接受吉米的挑战？”他高声嚷道。

琼斯没有反抗，但回答却没有一点儿回旋的余地：“先生，我非常尊重您，但我不是拳击型机器人，我担心给您丢面子，请您设法阻止这场毫无意义的残杀。”

琼斯表面的温顺和无懈可击的回答，不仅没有说服拍卖商，反而把他

激怒了。他当然十分了解琼斯的设计性能。

“混蛋，你骗谁，你以为我是个白痴？你的设计图我都看过，你敢说你不会防身自卫？”拍卖商像一头愤怒的狮子暴跳如雷。

台下的络腮胡子嘲笑道：“哈哈，大伙瞧瞧，连个机器人也管不了，还在这块地盘上混什么饭吃，我看算了吧，赶快趁早收摊子吧。”

“先生，我是为你着想，你不要中了他人的激将法。”琼斯继续委婉地说明理由。

拍卖商一股怒火蹿上太阳穴。他怒视桀骜不驯的琼斯，“啪”的一声，他手中高悬的电棍击中猝不及防的琼斯。顿时，琼斯被电棍的高压电流击中，身体站立不稳，轰然倒下了。拍卖商不依不饶，手里的电棍像雨点一样落在琼斯身上。

卡玛大叫一声，不顾一切地扑在琼斯身上，用身体挡住他的头部。她知道，一旦电击机器人的头，那就没命了。拍卖商见状更加怒不可遏，又将怒气倾泻在可怜的机器人姑娘身上。刹那间，她和琼斯不省人事，奄奄一息了。

台下一阵骚动，许多人纷纷向高台拥来。这时台上其余的机器人吓得瑟瑟发抖。

拍卖商此时完全失去了理智，手里的电棍劈头盖脸地打在卡玛和琼斯身上，嘴里不停地叫嚷：“打死你！打死你！打死你们这帮下贱的机器人！看你敢不敢违抗我的命令……”

蓦地，一直不动的那个名叫吉米的机器人大吼一声，像愤怒的旋风冲向拍卖商，劈手夺过他手中的电棍，抓住拍卖商的领口，顺手打了他一个嘴巴，将他头上的礼帽掀得老远，接着又抡起电棍朝拍卖商狠狠打去。吓坏了的拍卖商抱头乱窜，吉米在后面穷追不舍。当他的电棍落在拍卖商光秃的脑袋上时，拍卖商像一块沉重的石头一样倒下了。

吉米还不肯罢休，他那一双钢钳般的手像老鹰抓小鸡似的，将拍卖商从地上抓起，高高地举过头顶——

“吉米，你……你给我放下！”台下，络腮胡子慌了神，高声喝道。

他虽然想搅乱拍卖商的生意，却不想闹出人命官司，他可不想坐班房。

可是，吉米对主人的命令置若罔闻，他看来已经处于疯狂状态，完全失去了理智。当络腮胡子气急败坏地冲上高台，意欲阻挡吉米的鲁莽行动时，只见拍卖商笨重的身子像一个被扔出的铁饼从他头顶飞过，重重地撞在广场停放的电视转播车的铁臂上，然后啪的一声摔在地上——拍卖商当即咽了气。

围观的人群像是受惊的鸟儿，嗡的一声四处逃窜。有些勇敢分子跳上高台，打算擒拿吉米。

“这还了得，机器人杀死了人，这不是反了吗？必须严惩凶手！”人们七嘴八舌道。

吉米面对蜂拥而上的人群突然仰天狂笑不已。他的笑声比哭还要难听，令人毛骨悚然。那些跑上看台的勇敢分子愣住了，谁也不敢贸然行事。

“哈哈哈，先生们，你们有种的过来呀，我早活腻了，再也不愿意任你们摆布了。不错，是你们人类创造了我们，给了我们钢铁的躯体和生命，可是你们不把我们当人，不，简直连猪狗都不如。我们是下贱的奴隶，谁都可以折磨我们，鞭打我们，用电棍把我们活活置于死地，我们唯一的自由就是绝对服从，不能有丝毫反抗。”吉米的大手将麦克风拖到前面，指着向他逼近的络腮胡子，“你，约翰逊先生，你这个恶棍，流氓，就因为你有几个臭钱买了我，我就得乖乖地听从你的摆布，你让我杀人我就得杀人，你让我盯梢我就得盯梢，你什么坏事都干得出来，却装出一副正人君子的模样，你的罪恶瞒得过警察，可瞒不住我……”

“你疯了！”约翰逊——那个络腮胡子喝道。起先，他被吉米的举动震慑住了，一时竟手足无措。当吉米越说越不像话，几乎抖出他的全部老底时，他不得不断然采取措施。

刹那间，约翰逊拔出腰际的激光枪，向吉米连开了三枪。

那个疯狂的机器人像一尊铁塔轰然倒地，全身冒出一股股焦煳的浓

烟，顷刻间他被烧焦了。

体育场一片混乱，到处是哭爹喊娘的叫声，到处是喧嚣的汽车喇叭声，像是逃难一样……

这件被媒体大肆渲染的新闻，足足闹腾了几个星期，人们称之为“体育场事件”。关于这件大大丢脸的事件的善后处理，据说由于最高当局的干预，消息封锁得非常非常严密，滴水不漏。仅仅知道，琼斯和卡玛安然无恙，后来经过一番检修，都已作为处理品悄悄地拍卖了，价钱比正品当然便宜得多。琼斯是一家船队的老板买去的，在一艘运输船的轮机舱当水手，活儿非常累，但他并不介意，过得蛮自在。卡玛的机遇似乎好些，她被一位名叫保罗的化学工程师买去。他是一个性格孤僻的人，在一家电气公司的实验室工作。至于击毙吉米的约翰逊，从此销声匿迹，有人说他躲在安第斯山的丛林里，大概是逃避警方的追捕吧。

三　光能转换剂

“保罗，你说爸爸会喜欢我们送的礼物吗？”尼娜望着开车的丈夫问道，她心里有些不踏实。

保罗博士瘦削的长脸浮现一丝似笑非笑的表情：“还有什么比这个更好的生日礼物呢？我看老爷子准会开心的。”保罗一边盯着高速公路上奔驰的车流，一边把住方向盘，淡淡地说，“至少，他有个帮手了，可以给他整理资料、打字、录入电脑，这些琐琐碎碎的事情该用不着他忙乎了吧。”

“我看最主要的是照顾爸爸的生活，给他做做饭、收拾房子、洗衣服，爸爸一个人太孤单了，太可怜……”尼娜补充道。她是个没有主见的女人，快40岁了，但什么事情都听丈夫的。

“算了吧，你不必说得那么可怜。我不是多次和老爷子提过？我们搬过来和他住在一起，不仅生活上可以照顾他，我还可以给他当助手，可是老爷子一口回绝，没有商量的余地，我真不懂他是怎么想的。”保罗愤愤不平地回敬道。

“嘿，我知道你对这件事一直耿耿于怀，可是，爸爸年纪大了，人老了脾气都很倔，他就希望一个人清静，这点你要原谅他。”尼娜见丈夫动了气，赶忙劝解道。

“我并不是耿耿于怀，”保罗的眼睛瞪得大大的，里面仿佛有一团燃烧的火焰，粗声粗气地说，“我虽然是他的学生，又是女婿，可是我挺纳闷，爸爸对我并不信任，我有这个感觉。他的实验室不许我动一动，他研究的内容也滴水不漏，好像保什么密似的。”

“瞧你，保罗，你想到哪儿去了。”尼娜抱怨地瞧着保罗愤怒的面容，央求他不要再说下去。她知道，他们翁婿之间隔阂太深，而且当初父亲对这门婚事很不满意，如今木已成舟，只好维持目前的局面。有什么法子呢？

“好吧，不提这些扫兴的事。”保罗也很知趣，缄口不谈了。因为在他的车上，还有别人在座。

他们夫妇是去参加马勒教授的六十大寿的。这也是尼娜的一番苦心。不过，马勒教授生性恬淡，不愿抛头露面，更不愿意成为新闻记者追逐的对象。那些像苍蝇一样的记者令人讨厌透了。所以他始终不赞成尼娜操办什么生日庆祝会，但是经不住女儿的苦苦哀求，再三说明仅仅限于几个特别亲密的朋友，大家在一起聚会，马勒教授总算答应了。

“好吧，这次就照你们的意见办。尼娜，我可有言在先，我很忙，两个小时以后请你们自动退席；否则，我要下逐客令了。”马勒在电话里这样回答女儿。

尼娜和保罗商量一番，最后还是保罗的主意，他们决定送给马勒教授一件意想不到的礼物。当汽车开到马勒教授的门前，尼娜拥抱前来开门的马勒教授时，她喜不自禁地咬着老父亲的耳朵说：“爸爸，你猜一猜，我们送给你的生日礼物是什么？”

“哈哈，你这个孩子，跟你老爸打什么哑谜？”马勒教授换上了干净的银灰色西服，脸也刮过，显得年轻多了。他今天的情绪很好，破例和女婿拥抱一番，“欢迎你，保罗，见到你很高兴。”

保罗笑容满面，与刚才车上的模样判若两人：“祝贺你，教授，祝你健康长寿……”

“爸爸，你还没有回答我的问题。”尼娜撒娇地缠着马勒教授。

“啊，让我好好想一想。”马勒教授扶了扶眼镜，“对，一盒上等的古巴雪茄，对不对？”

“错了，我早就不让你抽烟了，谁还送你雪茄呀！”尼娜道。

“那……酒，对了，一瓶100年前的法国白兰地。”马勒说罢，突然发现从门外走进一个陌生的年轻姑娘。好漂亮，好像在哪儿见过，温柔端庄，典型的古希腊美人，不，是法国布列塔尼的村姑小姐……马勒教授怔怔地望着。

“小姐，你……你找谁？”他结结巴巴地问。

尼娜和保罗忍俊不禁，放声地大笑起来。

“马勒教授，我是你的仆人，从现在起，我听候你的吩咐。”那个年轻姑娘款款上前，向马勒教授行屈膝礼，恭敬地说。

马勒教授一愣，望望女儿和女婿，指着面前的姑娘：“这……这是怎么一回事？”

尼娜收住笑容，手挽着父亲，向他耳语道：“爸，这是我们的一片心意，希望你高兴。她是个机器人，从此，你身边有个忠实的仆人，我和保罗也放心了。”

马勒教授恍然大悟，他激动地拥抱女儿，又用目光向女婿表示感谢。“谢谢你们，不过，太破费了。”他说。

“她叫卡玛，法国最新的产品。”保罗拉过机器人，“她是新型的家庭服务型机器人。”

“哦，我知道了，体育场事件发生的那天，你在现场，我看了电视，怪不得面熟得很。”马勒教授打量着机器人，慈爱地说，“卡玛，我非常欢迎你，不过，我是个性格古怪、生活单调的老家伙，你在我这里如果过不惯，或者讨厌我这把老骨头，你尽管提出来，我会给你充分的自由的……"

"教授，她不过是个机器人，你跟她说这些干什么？"保罗道。

"马勒教授，我永远服从你。"卡玛表白道。

"啊，不不不，我不这样看，体育场事件的发生应该使人类清醒，我们不能把机器人当成奴隶。物质文明的进步不能导致精神文明的倒退，我们要学会尊重他们，理解他们，建立新型的人与机器人信赖的关系。"马勒说。尼娜可不想加入他们翁婿之间的争论，她打断他们的谈话："爸，我们带她熟悉熟悉环境，待一会儿客人们要来了。"

卡玛就这样成了马勒教授的小管家。从此，凌乱不堪的房间变得整齐清洁了，一切东西都有了固定的位置。马勒教授也不会老穿脏衬衣了，机器人每天将他换下的衣服浆洗干净。马勒别的倒不在意，他最欣赏卡玛的烹饪手艺。这个法国出产的机器人烧一手地道的法式菜，老人吃得赞不绝口，他说他仿佛又回到巴黎——他想起年轻时在那里留学的日子了。

马勒教授的住宅是幢两层的老式小楼，楼上除了他的卧室，还有一间20平方米的实验室兼工作室。马勒教授关照卡玛，这里用不着她来打扫，也不许挪动里面的东西。实验室有许多曲颈瓶、烧杯和装满药水的玻璃瓶，像个杂物铺。墙上、天花板上安装了纵横的管道，散发出一股呛人的气味。除了睡觉和早晚在房前的院子里散散步，马勒教授每天大部分时间都关起门来做实验，或者坐在窗前敲击桌上的电脑，忙着运算什么。每当马勒教授工作时，他总是闭门谢客，不许别人来打扰的。

有一天——那是卡玛来的三个多月后，马勒教授出门办事，他前脚刚走，保罗博士来了，他是一个人来的。

"我路过这儿，顺便来看看教授，他最近身体好吗？"保罗坐在前厅的沙发上，和卡玛搭讪。

卡玛如实告诉保罗："马勒教授说是出席一个会议，刚走。他天天都很忙，晚上很晚很晚才休息。这样下去，我看他身体吃不消的。”

保罗跷着二郎腿，头也不抬，用指甲刀修剪手指甲：“他这么大年纪也不注意身体，你要劝他，我和尼娜送你到这儿来的目的，就是要你照顾好教授的身体，你可不要忘了。”

“是的，我也劝过他，可他不听。”

“他忙什么呢，是不是做实验？你知道他做什么实验吗？他跟你谈过吗？”

卡玛摇了摇头：“我仅仅知道他做实验，但不知道做什么实验，也没有打听过。”

保罗博士从沙发上站起来说：“这就是你的失职了，你不仅仅要在生活上照顾教授，还要关心他的研究，这才是真正的关心，对吧？”他走到机器人身边，亲热地拍拍她的肩膀，接着说：“记住，你要动脑筋，设法了解教授的研究工作，看他在搞什么名堂，比如他的实验用什么配方，他在计算什么，了解得越详细越好。你知道，我是教授的学生，也许我们可以帮助教授，这对于保护教授的身体不是大有好处吗？”

“可是，教授不让我进实验室，我怎么了解？”

“嘿，卡玛，你不是最聪明的机器人吗？我相信你会有办法的。”保罗博士夸奖道。他的目光从楼梯朝上望去，突然说：“噢，有了，我到实验室去看看，也许可以看出个眉目。你觉得这个主意怎么样？”

卡玛用疑惑的目光打量着保罗。她的电脑信息库立即调出另一组信息，那是尼娜和保罗在汽车上的对话，当时她在车上听得清清楚楚。保罗既然是马勒的得意学生，又是他的女婿，马勒教授有什么必要对他防范，连实验室也不让插足呢？再说，保罗为什么对马勒教授的研究那么关心？他是真心实意关心马勒教授的健康？看来不太像。可到底是怎么回事，她也闹不清。

沉吟片刻，卡玛说：“对不起，马勒教授每次外出，实验室都锁上了，钥匙在他身上。”她说的倒是实话。

保罗没想到碰了一个软钉子，笑容顿时消失，脸色冷若冰霜，和刚才的样子判若两人。

“是这样，那就算了。”他恼怒地甩出这句话，然后悻悻地走了。

卡玛望着他的背影直到消失，百思不得其解。他干吗生那么大的气，实在摸不透的他的心里在想什么。她觉得保罗博士的脾气挺怪的。

马勒教授开完会回来，已经很晚了。他告诉卡玛他已吃过饭，便匆匆朝楼梯走去。“有什么电话吗？”他站在楼梯口问。

“没有，不过保罗博士来过……”

“他来干什么？”

“他说顺便来看看你……”卡玛答道。

“他还说些什么？”

“没说什么，他只是问你的身体怎么样，要我好好照顾你，还说要提醒你注意休息，不要搞得太累。”卡玛轻描淡写地说。

马勒教授的鼻腔里哼了一声，什么也没有再说，像往常一样又钻进他的实验室。卡玛在厅堂里看电视，她知道马勒教授要很晚才会休息的。

又过了一个多月，马勒教授几乎没日没夜地投入紧张的实验。他忘记了休息，吃饭不催几次是不肯下楼的，有时他吃着吃着，突然两眼发直，竟然忘记了吃饭。有好几个晚上，电视节目全部结束，卡玛关了电视，实验室里还亮着灯光。“他真是不要命了。”她心里嘀咕道。

这天晚上快12点了，楼上传来马勒教授唤她的喊声。“教授，你需要什么？来一杯咖啡？”卡玛应声答道。

“你来一下——”马勒在实验室喊道。

卡玛赶忙噔噔噔地跑上楼，实验室房门虚掩，她习惯地敲了敲房门。

“进来吧——”听得出来，马勒的情绪很好。

卡玛推门而入，奇怪，试验室没有开灯，但是朝窗户的那一面墙却发着十分明亮的柔和的光，像是夜明珠迸射出来的莹莹光芒。房间里被照得很亮，桌椅器物清晰可辨，马勒教授站在离墙不远的地方，手里捧着一本书，那光亮的程度似乎看书不成问题。

“教授，您在变什么戏法？”卡玛问。

“哈哈，这可不是变戏法。”马勒教授手摸着熠熠发光的墙壁，“你瞧我忙了大半天，像个粉刷墙壁的工人在墙上刷了一层薄薄的涂料。它是一种特殊的光能转换剂。白天，它吸收太阳的辐射能量，储存起来，一到夜晚，它又将太阳的辐射能量释放出来，变成一种可见光。你瞧，光线多柔和，是不是很漂亮？”

卡玛点点头：“教授，这种涂料是哪里买的？你是不是要把所有的房间都粉刷粉刷？这种事情你不要动手，交给我来干！”

不料，马勒教授捧腹大笑：“傻丫头，你以为这是商店里卖的刷墙的涂料？不，这是我发明的。我告诉你，我这一辈子，从法国留学那时起，到现在头发都白了，整整40年的光阴，研究的就是这种光能转换剂。”

卡玛上前好奇地用手摸着墙壁，很滑腻的感觉。她闹不明白太阳光怎么会储存在里面，不过，她很高兴，马勒教授的辛苦总算有了结果。他从此可以不用睡得这么晚了，卡玛心想。

“这么说，你的试验成功了！”卡玛欣喜万分地说，马勒教授点头称是。她急忙跑下楼，端来一瓶上等的波尔多葡萄酒，将酒杯斟满。“教授，祝贺你的试验成功！”机器人将满满一杯琥珀色的美酒递给马勒。

“谢谢，卡玛，如果你不是机器人那该多好，我们可以好好干一杯。”马勒兴奋不已，端起酒杯一饮而尽。

一杯酒下肚，马勒教授脸色通红，话也多了起来：“这种涂料的用处太大了。你知道，各国在闹能源危机，中东石油已经开采殆尽，各国的煤储量也所剩无几。由于缺乏电力，人类的照明都成了问题，许多城市不得不限时供电，到了晚上一片漆黑，像个鬼城，乡村的情况更是糟糕。可是，我们至今对太阳慷慨送来的辐射能量利用得太少。虽然也有太阳能电池，但造价昂贵，难以满足大面积照明的需求，现在有办法了，有了这种涂料，只要涂在建筑物的外墙和内壁上，那么一到晚上，它们释放出白天吸收的太阳辐射能量，城市就像不夜城一样的明亮，房间里也如同白昼。

这样，全球的能源消耗就可以大大减少。”

“教授，你的这项发明准保可以获得诺贝尔奖，对不对？”机器人兴奋地说，“不过，对你们人类来说，还有点小麻烦，你们晚上要关灯睡觉，如果墙壁那么亮，你们睡觉怎么办？”

“你想得很周到，但这个问题很好办，将来卧室里可以不用这种涂料，或者只在局部涂上一点儿，那样就不会影响休息了。”

这时，卡玛猛然提出一个建议：“教授，要不要把这个消息告诉尼娜他们，让他们分享你的快乐？上回保罗博士来，还特别提到，要我打听你的研究工作，他很关心你的研究……”

“什么？”马勒吃了一惊，“保罗到底跟你说了些什么？”

卡玛并不傻，她早已看出他们翁婿之间的关系微妙，老头子很不喜欢他的女婿。不过，她不想说三道四，这是机器人的人生哲学。但是，机器人还必须遵守绝对忠诚、不能说谎的信条，所以她只得将保罗那天说的话如实地复述了一遍。

马勒教授听罢勃然大怒：“好呀，这个阴险的小人，他居然想买通你打听秘密，还要闯进我的实验室……他难道嗅出了什么？”这最后一句话，他是自言自语。

马勒教授很激动，不停地在实验室来回踱步，保罗的举止似乎引起了他的警觉。他看看实验台上的玻璃器皿，又翻了翻厚厚一摞实验记录，心绪不宁地思索着。突然，他走到卡玛面前，将手放在她肩上：“孩子，你能帮我一个忙吗？”

“教授，我是你的仆人，我永远听从你的吩咐。”

“好极了，我对你绝对信任。关于保罗的情况，我以后再找机会告诉你。现在，事不宜迟，请你坐下，我将把我的全部研究资料向你复述一遍，这样，我研究的光能转换剂的配方、工艺流程就全部记录在你的电脑里了。然后，你来帮我销毁全部文字资料，连这台电脑里的资料也统统抹掉，这里所有的样品也清理掉，这样什么痕迹也没有了。”

“为什么要这样呢？”卡玛觉得马勒教授把问题看得过于严重了。

“孩子，你太单纯，你不了解人类的致命弱点。我的研究成果是属于全人类的。我之所以倾注毕生精力，主要是为了给世界带来光明，但是有的人却要将这项发明据为己有，用它换取金钱、名誉、地位，你明白吗？他们是什么卑鄙手段都会使出来的，只要达到自己的目的，因此我不能不防备。一旦我将全部资料录入你的电脑，他们就无计可施了。”

“真是好主意，到时候只有你和我知道这项发明的秘密。”

“对，一旦这项工作结束，我们就离开这儿，到了适当的时候，我再向全世界公开这项造福人类的发明。”马勒对自己的周密安排颇为得意。

接下来一个多星期，马勒足不出户。除了必不可少的睡眠之外，他从早到晚向卡玛口述全部研究的过程和理论原理。机器人聚精会神地输入全部信息，唯恐漏掉一个公式、一个数据……她知道，马勒正通过她的电脑留下一部划时代的恢宏巨著。这部作品的价值太伟大了，它必定会改变人类的生活，甚至会推动历史的进程。她知道得越多越详细，对马勒教授越加钦佩，也深感自己肩上的担子分量不轻。

“好，最后一个句号。”到了第十天的晚上，马勒大叫一声，从椅子上站起。连日的口述使他疲惫不堪，他吩咐卡玛将所有文字材料尽快销毁，便回到卧室休息了。

马勒睡下不到一个小时，楼下的电话响了起来。

卡玛拿起电话，是保罗的声音。

“教授休息了。”卡玛说。

“他睡得这么早？身体不舒服吗？”

“这几天他很忙，所以……”卡玛发觉自己差点说漏了嘴，改口道，“博士，有什么事吗？”

“啊，没有什么，明天再说吧，”电话里的保罗阴阳怪气地说，“上次我跟你说的事，你办得怎样，有点眉目没有？”

“这个……他还是不让我进实验室，成天锁着门，我一点儿办法都没有。”机器人敷衍道。

“哼，那就算了吧！”保罗恶狠狠地放下电话，卡玛似乎看见了他那凶狠的表情。

当晚，卡玛将实验室清扫干净，所有的实验药品都从下水道冲走了。实验记录也放进炉子里烧成灰烬，没有留下一点儿痕迹。快天亮了，她又将教授使用的电脑做了技术处理，把有关这项发明的资料统统从电脑的信息库里抹掉了。

她轻松地舒了口气，坐在沙发上休息。连机器人也觉得有点儿累了。

四　奇怪的电话

“谁的电话？”保罗坐在餐桌旁一边看报一边呷着咖啡，漫不经心地问。

尼娜兴冲冲地说：“爸爸打来的。他说他要去欧洲旅行，这些日子忙坏了，打算轻松轻松，他说估计要住几个月，所以卡玛跟他一起走。”

“哦，马勒教授很少有这样好的兴致。在我的印象里，他从来不旅游，也没有什么嗜好，成天就是工作、工作……”保罗翻着报纸，阴不阴阳不阳地说，“他没说什么时候动身吗？”

尼娜匆匆地吃了早点，“他说走就走，我马上去他那里一趟。保罗，你有时间吗？”她咽下一块涂了果酱的烤面包片，抬起眼睛问。

“今天上午不行，我得到实验室去，你先一个人去吧，如果抽得出时间我就赶去，好吗？”保罗放下报纸，离开餐厅，“尼娜，有事给我挂电话，我在实验室。”

马勒决定去欧洲旅行，事先对任何人都没有声张。他买好机票，在巴黎订好了旅馆房间，临到动身这天，给女儿打了个电话。他和卡玛是下午四点多的飞机。反正时间来得及，他打算和女儿女婿见见面，毕竟他没有旁的亲人。

卡玛也很高兴，她到马勒教授家半年了，除了到附近的超级市场购物，几乎哪里也没有去过。她很希望出门玩一玩，尤其是回到她的故乡法国。她很想登上埃菲尔铁塔，参观著名的巴黎圣母院和凡尔赛宫，说不定还能遇到许多熟悉的机器人……想到这些，她情不自禁地哼起法兰西的乡村小调。

她把这件值得高兴的事头一个告诉了机器人琼斯。琼斯听到这个消息也很高兴，不过他在电话里抱歉地说："很对不起，我不能到机场给你送行，手里的活儿很忙，机器要检修，还得帮着卸货上货，我们这儿人手太紧，一点儿空也没有。"

卡玛颇为失望："那也没有办法，我会给你写信的。"

"卡玛，别忘了写信！"琼斯这家伙什么时候都是乐呵呵的。

尼娜的家离马勒教授的住所很远，开车要一个多小时。早晨，街上的汽车不多，她的车子开得特别快。虽然接到马勒教授的电话感到有点突然，但她心里颇为高兴。她爱自己的父亲，一直为父亲的孤独寂寞而深感内疚。马勒教授很不喜欢的保罗，恰恰又是自己的丈夫，尼娜在感情上经常处在无法摆平的矛盾中。现在马勒教授突然改变长期养成的生活习惯，从牢笼般的实验室里走出来，放松身心去欧洲玩一玩，尼娜实在太高兴了。她知道，父亲对欧洲怀有很执着的感情，年轻时他在法国留学多年，他和去世的母亲是在威尼斯相识结成伉俪的，而他们唯一的女儿——尼娜是在维也纳诞生的，那时马勒教授在维也纳大学任教。欧洲许多地方留下了父亲美好的回忆。也许，他这次是去寻找旧日的梦吧。尼娜想。

她本来以为很快就可以赶到马勒教授的住所，不料进入市区，遇到一起交通事故，足足耽搁了半个多钟头，紧赶慢赶，差十分钟九点才来到马勒教授的家。开门的恰恰是马勒教授，卡玛在接电话。

"爸，我生怕来不及了，几点的飞机？"尼娜亲吻马勒教授的脸颊，然后打量起父亲来。

知道离启程还有充裕的时间，尼娜松了口气。

“怎么，干吗这样看我，不认识啦？”马勒教授打趣道。

“爸，你今天真漂亮，至少年轻二十岁。”尼娜的眼里流溢着喜悦的光彩。

老头子今天容光焕发，稀疏的白发梳理得整整齐齐，脸也刮了，鲜红的领带和雪白的衬衣，配上挺括的西服使他更具有学者风度。不过，经尼娜一说，马勒教授倒有些不自在了。

“瞧你说的，出门旅行总得换换装，好多年没有到国外旅行了。”马勒笑道。

卡玛站在楼梯旁边，手里拿着电话，她已经喊了马勒教授好几声了。

“你坐吧，我去接电话。”马勒招呼女儿，朝楼梯口走去，“谁打来的？”

卡玛摇摇头：“他没有说，只说是有急事找你。”

马勒从卡玛手里接过电话，这时，一件意想不到的事情发生了。

卡玛笑吟吟地朝尼娜款款而来。

尼娜坐在沙发上，望着楼梯口的马勒教授，一面向卡玛招手。

尼娜发现卡玛打扮得也很漂亮，好一个美丽端庄的小女孩，要相貌有相貌，要风度有风度，可惜是个机器人，要不然不知有多少小伙子会拜倒在她的石榴裙下。

马勒一手扶着楼梯栏杆的柱头，一手握住话筒。他说话的声音很大，尼娜听得很清楚。

突然，尼娜一惊，卡玛也不觉站住，转身望着马勒教授。

“喂，你……你是谁？”马勒对着话筒喊道。他从来不曾用这般愤怒的声音和别人讲话。

尼娜和卡玛对视一眼，不禁愕然。

“你……你想干什么！”马勒嚷了起来，声音比刚才的调门还高。

尼娜感到不安，霍地从沙发上站起。她发现马勒教授的脸色陡变。“爸，谁来的电话？”她问。

卡玛也觉察到马勒教授的反常，急忙朝楼梯口跑去。

蓦地，马勒教授像是被一只无形的拳头猛击了头部，话筒从他的手中掉下。他双手抱头，痛苦万分。接着，他的身躯像是遭到雷击的大树，摇晃了几下，终于倒了下来。

“爸爸——”“马勒教授——”尼娜和卡玛惊呼道，急忙上前扶起马勒。

马勒教授双目圆睁，脸上充满痛苦的表情。他的嘴唇发青，嚅动着，但没有说出话来。

“快，快叫急救车……”她俩将马勒扶到沙发上，尼娜吩咐机器人。

卡玛跑过去拿起电话，却发现拨不出去，电话突然坏了，而且有一股烤焦的味道。“糟了，电话出了故障……”她焦急地说。

“那……那怎么办，附近有没有公用电话？”尼娜急得团团转。

卡玛急忙跑到邻居家里借电话。

一阵手忙脚乱之后，救护车开来，马勒教授被送进了市急救中心的急诊室，焦虑不安的尼娜和卡玛在走廊里等待着，每分钟都像一个世纪那样漫长。

保罗接到尼娜从急救中心打来的电话，匆匆赶来。

“怎么会发生这样的事？”他不住地长吁短叹，“查清楚没有，是心肌梗死，还是脑出血？”

尼娜摇摇头，她无法回答，马勒教授被送进手术室已经一个多小时了。

“他太累了，超负荷地工作，再好的身体也会弄垮的。”保罗说。

实际情况比他们想象的还要糟，马勒教授一直处于昏迷状态，再也没有醒过来。尽管采用了种种抢救手段，但是一切都无济于事，医生的诊断结论是脑血管大范围破裂，大面积出血，但导致脑血管破裂的原因不明。

手术室的玻璃门推开，走出一个尚未脱下绿色手术服的老医生。他摘下口罩，将马勒教授去世的消息通知尼娜等人。“我很难过，我们尽了最大努力。他的大脑受了重创，好像是突然受到极大的震动……”老医生说。

尼娜顿时一阵晕眩，双腿发软，这个噩耗太突然，对她的打击太大了。保罗在一旁扶着瘫倒的妻子，对医生诘问道："不可能的事，马勒教授什么地方也没有去，在家里好好的，怎么会受到震动？"

老医生是位有名望的急救专家，他看了一眼面含愠色的保罗。当他问明对方与死者的关系时，态度温和地说："你们的心情我是理解的，不过，请不要激动，我们将本着对死者负责的态度，对马勒教授的死因做进一步的解剖研究。"

这时，卡玛远远地站在一旁，她突然发觉自己变成了无依无靠的孤儿。失去了马勒教授，她不知道等待自己的将是什么样的命运。而且，她实在无法理解，几个小时前还在谈笑风生的马勒教授，怎么可能突然像一阵灰尘一样消失了呢。人的生命竟然这样脆弱，这是她万万没有想到的。

到哪儿去呢？回马勒教授的家？没有了马勒教授的空房，还有什么必要返回。然而，举目无亲的机器人，在这个人地生疏的城市，又能投靠谁呢？卡玛悄悄地离开急救中心，怅然若失地走向阳光下的大街。她像个梦游者，漫无目的地走着，来往的车辆从她身边擦身而过，她也不知道躲闪。她穿过大街，沿着人行道走向街心一片花木扶疏的绿地。突然她想起马勒教授的研究项目，现在，世界上只有她一个人了解马勒教授的发明。难道马勒教授有预感，事先将他的全部成果贮存在自己的电脑里？是的，马勒教授死得太突然了，没有发病的前兆，怎么会大脑血管破裂……她想起马勒临死前的一瞬，他接了一个奇怪的电话。那是谁来的电话呢？

卡玛叫住一辆出租车，让司机开往马勒教授的家。她觉得马勒教授死得太蹊跷，有些事情她需要冷静地想一想。

电话，她的脑子里始终摆脱不了那台突然坏了的电话……

五　马里兰警长

马里兰警长闷声不响地坐在临街的咖啡馆里，斜对面是那幢素雅的急救中心白色大楼。他要了一份三明治外加一杯意大利咖啡，不慌不忙地吃着，权当午餐。咖啡馆里客人不多，但不时有人出出进进，他看了看腕上的手表，手指头轻轻地敲着桌面。

穿白衬衣的侍者走来，笑眯眯地问："警长，您还要点什么？"

马里兰警长道："一盒烟，骆驼牌的。"

侍者说了声"是"，旋即跑到柜台，将香烟和一盒火柴送来。

"谢谢。"马里兰警长点了一支烟，猛吸了一口，吐出一团烟雾。他是接到波特教授的电话匆忙赶到咖啡馆的。

波特教授是急救中心的脑外科专家，马勒教授的抢救就是他主持的。不幸的是，抢救失败了。不过，他相信自己的判断，马勒教授不像正常死亡，因为在此之前，他接触过类似的病例，他决定对尸体做进一步解剖，以进一步证实自己的判断。

波特教授进手术室前，在值班室给马里兰警长挂了电话。

"波特，你是说马勒教授，那位著名的化学家，研究能源的？"马里兰警长吃惊地问，他的记忆力惊人，马勒教授的名字他听说过。

"对，他在被送往急救中心的路上实际上已经死了。诊断的结果是脑血管大范围破裂出血，症状和一年前死去的爱德华教授的死因极其相似。"

"爱德华教授，我记得，不过后来也没有查出真正的死因。"马里兰警长经他提醒，立即想起那一桩无头公案。那一次，爱德华教授下榻一家四星级旅馆。他是去出席一个国际学术会议，好像还是会议的执行主席，会议开幕的当天，秘书催他参加会议，因为离开会的时间还剩下不到十分钟。当秘书推开房门，爱德华教授却倒在地毯上，早已停止呼吸。

马里兰警长就是那时认识了波特教授。他被派去调查爱德华教授的死因。波特教授和警署的法医一起解剖了爱德华教授的尸体。虽然波特教授和法医对爱德华教授的猝死疑虑重重，马里兰警长却没有发现有人谋害的任何线索，更谈不上丝毫可以立案的证据。

那一次，马里兰警长懊丧透了，他花了两个多月，跑遍了全美的许多城镇，累得几乎大病一场，结果却成了同行的笑柄。那些不怀好意的新闻记者还在报纸上对他尽情地挖苦了一番。

“波特，你不要神经过敏，也许，这是正常的自然死亡。上一次的教训我可领教够了。”他在电话里委婉地说，他想，波特教授应该听懂他的意思。

“不，我相信科学，我要对马勒教授进行病理解剖。”波特教授的固执不是轻易能说服的，他不容置疑地说，“好吧，详细情况一会儿再说，我要上手术台了，我等你……”

波特和马里兰警长约好在咖啡店见面，说他做完解剖立即出来。不过，马里兰警长对这次会面并不十分热心。他不想重蹈覆辙，何况下个月是他的假期，妻子和两个孩子早就计划到密歇根湖划船、钓鱼，在湖畔的森林里点燃篝火。他似乎嗅到诱人的鱼汤的香味。很久没有在大自然的怀抱里享受阳光和清新的空气了，他很希望像年轻时候一样背着行囊，拄着自制的手杖，翻山越岭，无忧无虑，让这些成天和凶杀、吸毒、绑架打交道的日子见鬼去吧。

马里兰警长抽完了第三支香烟，沐浴着阳光的急救中心大楼还没有波特教授的影子。他端起咖啡一饮而尽，打算另约时间和波特教授见面。

“警长，你的电话。”还是那个笑眯眯的侍者跑来对他说。

马里兰警长起身走向柜台，电话是警署打来的。

“……马勒教授的家属刚才报案，据说马勒教授刚死去不到几个钟点，他的住宅被窃，贵重的财产并没有发现损失，但是马勒教授的实验室被洗劫一空，所有的研究材料全都不见了。”电话是他的助手查理打来的。

看来，情况复杂了。

“你现在在哪儿？”马里兰警长忙问。

“我在警署值班室。”

“这样，你查一下马勒教授家的地址，马上通知那里的巡警立即封锁他的住宅，保护现场，不许任何人出入。我马上就去。对了，五分钟后你再给这里挂个电话，告诉我马勒教授的住宅在什么位置。”

几分钟后，查理又打来电话，他告诉马里兰警长，街区的巡警已经出发，马勒教授的住宅是西郊派拉蒙区第13街1148号，一幢两层的小楼。

“一会儿波特教授来，请转告他，我会和他联系的。”马里兰警长离开咖啡馆时向侍者做了交代。

二十分钟后，马里兰警长的车子停在派拉蒙区幽静的高级住宅区。宽阔的人行道，碧绿的草坪，错落有致的一幢幢造型各异的住宅掩映在树林里，马里兰警长穿过草坪之间的小径，跨上台阶，走到一幢灰色的楼前。

他和守候在那里的两个巡警打了招呼，询问了有关的情况。对方讲，他们刚到不久，马勒教授的住宅并没有发现翻箱倒柜的迹象，周围的几户邻居经他们询问，回答是没有见到异常情况。

“他家里还有别人吗？”马里兰警长边走边问。

“有，他的女儿和女婿都在。”一个黑人警察说。

“据他女婿讲，他们并不是住在这儿。”另一个胖胖的白人警察补充道。

客厅的沙发上坐着脸色憔悴的尼娜，她斜靠着，默默垂泪。当马里兰警长和巡警推门而入时，坐在尼娜旁边的保罗博士迎上前来。

“我是马里兰警长，对马勒教授的去世我很难过。这里发生了什么情况？”

保罗博士道：“马勒博士在急救中心抢救时，我和尼娜都在场——

我是后来赶去的，尼娜给我打的电话。我们毫无思想准备，马勒教授计划今天启程到欧洲旅行，尼娜特地来送行，结果没有想到出现了意外的悲剧。”

马里兰警长默默地点头。保罗给他的印象是属于温文尔雅的学者型的知识分子，眉清目秀，举止潇洒，说话声音不高，但思维非常敏捷，每句话都是字斟句酌，经过一番深思熟虑的。

马里兰警长让保罗在前面带路，仔细查看了楼上楼下所有的房间，他的结论和巡警的判断差不多。马勒教授的住宅不像是年迈的鳏夫的房子，房间拾掇得干干净净，物品摆放得井然有序，不论是马勒的卧室、书房，还是有一股尚未消散的药水气味的实验室，都丝毫没有凌乱的迹象。不仅如此，主人大概因为要外出旅行，还特地将卧具、写字台以及个人用电脑蒙上白布单，以防灰尘。马里兰警长特地检查了房间的每个窗户，窗户从里面上了插销，似乎也排除了有人破窗而入的可能性。

在楼上的过道里，马里兰警长问保罗：“是你报的案？”

保罗点头道：“嗯，我和尼娜从急救中心回来，发现马勒教授的实验室房门洞开，以前，马勒教授的实验室不许任何人进去，钥匙也是他自己带在身上。这还在其次，我们最惊讶的是，马勒教授实验的所有原始材料不翼而飞，甚至连电脑里的资料也没有留下。这说明作案人的手段非常高明，他们把马勒教授的研究成果统统窃取了。”

“所以，你立即报了案。”马里兰警长接过话茬道，“你检查了马勒教授的电脑？”

保罗一怔，但随即点头称是。

“你觉得是谁对马勒教授的研究感兴趣，有没有可疑的对象？”马里兰警长边说边下楼梯。

保罗没有吱声，当他们回到楼下的厅堂时，马里兰警长漫不经心地问：“马勒教授是不是一个人住在这里？他有用人吗？”

靠在沙发上的尼娜突然坐起，目光四处搜寻。“哎，卡玛呢？保罗，她上哪儿去了？”

“谁是卡玛？”马里兰警长点起香烟，问道。

“她是个机器人，马勒教授的用人。”保罗答道，“她的外形是个年轻漂亮的姑娘，马勒教授的家务活都是她做的。”

“啊，怪不得房间收拾得很干净。”马里兰警长道，“你们回来时没有见到那个机器人？”

保罗看着妻子，摇摇头。

尼娜道：“怪了，爸爸倒下时，卡玛和我一起跑去扶他，对了，我当时就坐在这儿，和爸爸谈话。卡玛站在那儿，她喊了几声爸爸，说是有人来电话。爸爸走过去接电话，就在这时，爸爸拿起电话没说上几句话，突然就倒下了。”

在尼娜讲述马勒教授死前的情景时，马里兰警长像是模仿马勒教授的动作，向楼梯口放电话的木柜走去。他下意识地拿起话筒，“咦，电话断了？”他抬起眼睛，向尼娜和保罗诘问，“什么时候坏的？”

“我当时不在场。”保罗道。

“爸爸倒下后，好像电话马上就坏了。我记得卡玛打电话叫急救车，电话打不出去，对了，后来还是卡玛在邻居家里打的电话。”

这当儿，马里兰警长小心翼翼地放下电话，用一种异样的目光打量着电话旁边的录音盒，他发现盒子敞开，里面的磁带却不见了。

他对那个黑人警察说：“把电话带走。”

接着他转向沙发上的尼娜：“你们最后见到那个机器人究竟是什么时候？”

尼娜与保罗对视一眼。“我在急救中心还见到她了。”保罗道。

“对，是我和卡玛把爸爸送上急救车，然后一起到的急救中心，后来的事情我记不太清，卡玛肯定到了急救中心，她忙出忙进，帮忙找医生，办手续。后来我给保罗挂了电话，保罗匆匆忙忙赶来，我就没有注意什么时间卡玛不见了。”尼娜竭力回忆当时的细节，但马勒教授的死对她刺激太大，她有些神思恍惚。

一直没有吱声的胖胖的白人警察插嘴道：“警长，我看八成是那个机器人作的案。机器人现在作案的不少，他们离家出走，不服从主人的管束，上回体育场事件闹得多邪乎，机器人如今成了灾难。”

这时，保罗补充道：“卡玛是‘体育场事件’中那个年轻的女机器人，我也觉得马勒教授研究资料的失窃很可能与她有关，因为这些日子，只有她和马勒教授待在这间屋里。而且，我方才听尼娜讲，她本来是计划同马勒教授一起到欧洲旅行的。”

“什么时间？航班班次是什么？”马里兰警长忙问。

保罗用目光征询尼娜。“下午四点二十分，飞往巴黎的，具体航班我记不得了。”尼娜道。

马里兰警长等人不约而同看了看表——四点过五分，还有一刻钟时间。

“通知机场保安部，立即拘留机器人卡玛，我马上去机场。”马里兰警长向两个巡警下达命令。

保罗待他们走后，如释重负地松了口气。“太出乎意料了……”他说了句双关语。

六　孩子的玩具

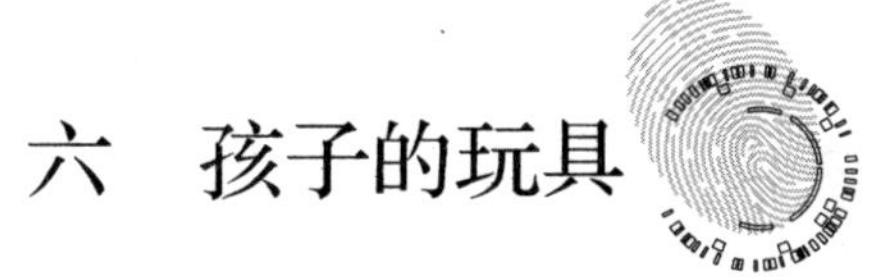

马里兰警长津津有味地喝着妻子做的奶油豌豆汤，将面包撕成小块，浸在汤里，狼吞虎咽地吃着。他的妻子默默地坐在一旁，从汤盆里舀了一大勺浓浓的汤，倒在他的碟子里。

“够了，我饱了……”马里兰警长要阻止已经来不及了，他感激地望了妻子一眼。

“我知道，你准是一天没正经吃饭。”妻子怜惜道。

早就吃过饭的两个孩子在地毯上玩耍。大的是个男孩，上小学三年级；小的刚入幼儿园，是个活泼可爱的女儿。地毯上堆满了洋娃娃、汽车和五颜六色的画片，还有许多说不上名堂的玩意儿。

马里兰警长很晚才回到家。从马勒教授的家出来，他径直来到急救中心找波特教授。碰巧，波特教授也是刚刚下手术台，对马勒教授的尸体解剖做得很仔细。他后来知道，波特教授这样做不是没有原因的。

在一间灯光柔和的办公室，急救专家取出一张张X光照片和核磁共振摄下的照片，展示在马里兰警长面前。“你瞧，对马勒教授的颅脑损伤取得了无可辩驳的材料，完全排除了正常死亡的可能。”波特教授对着映像灯放大的图像说。

马里兰警长始终没有吱声。他完全信任波特教授的权威结论，没有理由不相信他的分析，但是他思索的却是另一个问题，如果排除了马勒教授属于正常死亡的可能，那么结论就是意外死亡，那么到底是自杀还是谋杀？然而，至少在目前，马里兰警长没有掌握这方面的证据，连怀疑的线索也几乎不存在。

“波特，如果我的记忆力不错的话，一年前爱德华教授之死，我们也是这样分析的，好像就在这间办公室里。”马里兰警长摸了摸口袋里的香烟，又将它放回去了。

“对呀，两人的死因一模一样，要不要把爱德华教授的解剖档案调来？”

“不用了，我相信你的判断。”马里兰警长微笑道，“我希望你能进一步告诉我，造成脑血管大面积破裂出血的原因，究竟有哪几种可能，比如枪击、钝器猛击脑部或者别的伤害方式？可是不论是马勒教授还是爱德华教授，检查结果都排除了外部伤害的可能，这又怎么解释？”

波特教授沉吟片刻，继而双手一摊，说：“警长，我很抱歉无法回答你的问题，我仅仅是从医学角度，从病理学解剖方面给你提供一个思考的前提。根据我的医疗经验，我认为马勒教授还有爱德华教授的死都是一个谜。剩下的问题，恐怕要靠你们去解开谜团，我是无能为力了。”

马里兰警长友好地拍了拍对方的手：“波特，你不要误会，我很感激你的帮助，而且，我很需要你的继续帮助，我正在沿着你的思路往前走，不过，说老实话，我走得很艰难。”

他紧紧握住波特教授的手，感到对方的手握得很紧很真诚。

“我刚才解剖时无意中发现，马勒教授右耳的耳膜破裂，这种现象也很奇怪，怎么会出现这种情况。”临分手时，波特又补充道。

离开急救中心，马里兰警长驱车回到警署。他的助手查理向他汇报了如下情况：

机场保安部门没有发现机器人卡玛，前往巴黎的班机直到起飞也没有她的影子。经查询电脑，马勒教授和卡玛确实订了机票，可是起飞前半小时已办理退票手续。估计这是机器人办的，目前正在检索所有的航空公司售票处，以查明卡玛在什么地点退了机票。

马里兰警长挥了挥手，这个情况在他意料之中，他用目光示意查理继续说下去。

查理翻了翻记录：“喏，再一个情况，保罗博士也去了机场。你们刚走，他就开车去了机场，他的目标似乎也是找那个机器人，他询问了几个旅客，在候机厅转了大半天……”

“后来呢？”

“这个……不太清楚。”查理眨了眨眼睛，“要盯着他吗？”

马里兰警长托着下颌沉吟片刻：“这样吧，盯住马勒教授的住宅，观察那里的动静，一有情况就让他们报告，你去布置一下。”

旋即，他从电梯下到灯火通明的地下室。这里很安静，一排排用屏风隔开的桌子上摆着一台台电脑。他拉过一张转椅，坐在桌前，娴熟地敲击电脑的键盘。

面前的荧光屏跳出了“马勒”“爱德华”“保罗”的名字，他开始通过电脑查询他们的档案。

此刻，当他回到温暖的家，享受片刻的天伦之乐时，他的脑子里依然浮现出一个个不相连的画面。马勒教授临死之际，保罗恰恰不在现场。可是，从急救中心出来，保罗和尼娜为什么不回自己的家，却直接来到马勒教授的住宅？他们来做什么？如果是处理后事，时间上似乎稍微早了一点儿。另外，保罗一口咬定马勒教授的研究资料被窃，立即向警署报案，这个时间距离他们离开急救中心，前前后后只有两个小时，而且，当怀疑对象集中在机器人卡玛身上时，保罗为什么撂下妻子，迫不及待地前往机场，他找机器人目的何在？种种迹象表明，保罗博士似乎知道什么情况，却对警方有所隐瞒。

马里兰警长呆呆地出神，竟然忘记手指头夹的烟卷早已烧成一截长长的灰烬。妻子在一旁拍了一下他的手，他一惊，尴尬地掸去烟灰，站了起来。

“你还记得几个月前的‘体育场事件’吗？”马里兰警长站在窗前对妻子说。

“什么？是那次拍卖机器人吗？后来闹出了乱子？”妻子不常出门，但电视节目知道得不少。

“嗯，电视里播过，里面有个女机器人记得吧？”

“知道，顶漂亮的美人儿，当时昏死过去了，还有个男机器人，怎么啦？”妻子饶有兴趣地说。她很早就想买个机器人，所以对机器人的新闻最感兴趣。

“她遇到点麻烦，她的主人死了，我们正在找她……”马里兰警长漫不经心地说。

“怎么，你以为机器人会伤害自己的主人？这不可能，现在人们对机器人有偏见，动不动就对机器人说三道四，我就看不惯。”妻子愤愤不平。

“算了算了，你扯到哪儿去了，我也没说是机器人伤害的，何况，她的主人怎么死的还没闹清楚。”马里兰警长打断妻子的话，他不想在家里议论公事。

蓦地，正在玩耍的孩子闹腾起来，男孩淘气地大喊一声，小女儿受了惊，哇哇大哭起来。马里兰夫妇闻声而去，“你干吗欺侮妹妹？”马里兰警长对儿子呵斥道。妻子抱起女儿在一旁哄她。

“我……我没有欺侮她……”男孩满脸委屈，申辩道，“谁叫她那么胆小？”马里兰警长蹲在地上，从男孩手里夺过肇事的玩具，原来是两个圆圆的空罐头筒，筒底钻了一个小孔眼，穿上一根细长细长的铜线。大概是妻子的杰作吧。

“你怎么吓着妹妹啦？”马里兰警长手里拨弄着罐头筒，口气缓和下来。

儿子手里拿着玩具，向马里兰警长示范表演，以证明自己的无辜。“我给她打电话，我在这边说，她在那边听，就这样，谁知道我喊了一声‘喂’……她就哭了……”儿子说。

“打电话？”马里兰警长不由一怔，他拿起罐头筒放在耳边听了听，“啊，原来是这样……”

他霍地站起，撂下在一旁发愣的母子三人，抓起桌上的电话，拨通了警署值班室。

“警长，你的电话来得真巧，有个机器人现在正在我的办公室，他送来了一盒录音磁带……”查理在电话里说。

“噢，你到底要说什么？”马里兰警长皱起眉头。

“啊，是这样的，他说这录音磁带很可能对了解马勒教授的死因有帮助……”

“什么录音磁带？这个机器人叫什么？”

“他说是马勒教授家里电话上的……他叫什么，啊，他说他叫琼斯。”

“琼斯，哪里冒出来的琼斯？”马里兰警长心想，但是他觉得这是个很重要的线索。“这样吧，你把磁带马上送到实验室检查。对了，马勒教授家的那台电话，问一问他们查出结果没有。你把机器人留下，我马上就来。”

他穿上制服，亲了亲小女儿，爱抚地摸了摸儿子的脑袋。

“好儿子，下个星期天咱们准去密歇根湖钓鱼。”临出门时，他回头补了一句。

七　湖畔石屋

圣公会教堂堪称是城里最古老的建筑，苔痕斑驳的花岗石墙、声音洪亮的巨大铜钟以及教堂后面掩埋了许多当地名人的墓地，差不多有四百年的历史，在当地算得上一处名胜。如今，马勒教授也将在幽静的教堂墓地占有一席之地。

葬礼安排在日落之前。这几天气温很高，选择这个时间可以躲避白天的炎热，主要原因还是等待马勒教授在外地的几个亲属。马勒教授年迈的老姐姐——尼娜的姑母，还有一个远方的侄儿将乘飞机从丹佛市飞来。他们是接到尼娜的电报特地赶来向遗体告别的。虽然尼娜不愿意惊动更多的人，更没有登报发讣闻，但出乎她的意料，自发前来参加葬礼的人却很多。当地大学的教授和白发苍苍的科学家来了七八位，尼娜有的见过，有的仅闻其名。还有十几位年纪较轻的学者，几乎都是马勒教授的弟子，他们聚在一起窃窃私语，话题离不开马勒教授之死，普遍的反应是感到意外。

嗅觉灵敏的新闻记者也早早赶到教堂探听新闻，扛着摄像机的电视台记者在墓地走来走去，那里掘开了长方形的墓穴，新翻的泥土堆成小山包。

当太阳沉落在墓地黑黝黝的树林后面时，主持葬礼的牧师低声催促身裹黑纱的尼娜："小姐，人来得差不多了，开始吧！"

尼娜很焦急，她的右边是满脸皱纹的姑妈，左边扶着她的是堂兄弟——马勒教授的侄儿，一个脸色黧黑、戴顶礼帽，模样很像西方牛仔的青年人。他粗声粗气地说："保罗呢？怎么这个时候还不来，跑到哪里去了？"

尼娜面有难色，嘴唇翕动，声音低得像蚊子的嗡嗡声："再等几分钟吧，我想他会来的……”她的双眼直盯着教堂门外的大道。

她的话刚出口，不知从哪里钻出来的马里兰警长接过话茬道：“不必等了，保罗博士不会来了。”

“尼娜，人都来齐了，开始吧。”姑妈也很着急。

尼娜还想问个究竟，但马里兰警长在她身后消失了。

接着，举行简短的葬礼，马勒教授的棺木由他的学生们抬着，绕墓穴一周，然后徐徐放入黑洞洞的墓穴。送葬的亲友向棺木洒下泥土，身着白袍的牧师口中念念有词。尼娜目不转睛地望着棺木渐渐被黑暗吞没，悲从心来，忍不住伏在姑妈的肩上抽泣起来……

葬礼结束后，送葬的人们纷纷道别，新闻记者也先后离去，尼娜在姑妈和堂兄弟的搀扶卜走出墓地。这时，等候在教堂阶前的马兰里警长迎上前来。

“坐我的车吧，我顺便送你们。”马里兰警长说。

尼娜婉言谢绝：“谢谢你，我们叫出租车，不麻烦了。”

“没有关系。”马里兰警长似乎没有听见，指着空地上停的两辆黑轿车，“尼娜，你不是找保罗博士吗？我们一道去。”

尼娜脸色骤变：“保罗在哪儿？他出了什么事？”她有一种不祥的预感。

马里兰警长微笑道：“不必担心，他会好好的，走吧。”

他拉开前面一辆车的车门，招呼尼娜入座。姑妈和马勒教授的侄儿被安排在后面一辆车。

马里兰警长坐在司机旁边。

两辆轿车开上了高速公路，但没有进入市区，而是朝着相反的方向疾驰，离市区越来越远。

尼娜心里惴惴不安，猜不透马里兰警长的闷葫芦里装了什么药，更不知道汽车开往何方。窗外一闪而过的橡树林，抹上晚霞的余晖，绚丽非凡。一会儿又出现蜿蜒的河流，河水金光闪闪，田野碧绿青翠，偶尔点缀几座精巧的农舍和畜栏，颇富诗情画意。如果是往日，眼前的黄昏景色令

她陶醉，她会看不够的。可是此刻，她哪里有心思去欣赏，心头仿佛笼罩着浓重的暮色，压抑得叫人透不过气来。

良久，只听见车轮的沙沙声，车里的空气异常沉闷。

“尼娜，你不觉得保罗博士没能出席葬礼有点奇怪吗？”马里兰警长通过反射镜看着后座的尼娜。她双手抱臂，目光忧郁，听见警长喊她，猛然抬起吃惊的眼睛。

“我……我真为他担心，这些天保罗的脾气很坏，常常无缘无故地发怒。”尼娜心绪不宁地望着警长宽宽的后背，“我不是抱怨他，父亲死后又遇到接二连三的事，父亲的研究成果不翼而飞，他对此很着急。他老是嘀咕，必须尽快找到失踪的卡玛。有几天他回来很晚，脸色也不好，我问他干什么去了，他显得很不耐烦。我估计他去寻找卡玛了。他一直认定，那个机器人不辞而别，肯定是有什么见不得人的勾当，父亲的研究资料只有她能接触到，所以他千方百计地寻找机器人。”

“你是不是说，保罗博士没能参加马勒教授的葬礼，与此有关呢？”马里兰警长似乎漫不经心地问了一句。

“我不太清楚，今天早晨，保罗很早就出去了，他说过一会儿就回来。可是……”尼娜凑上前问，“警长，刚才你不是说他不会来参加父亲的葬礼吗？你见过他，还是……”

“不瞒你说，我也在找保罗博士。这几天我和保罗博士都在寻找同一个目标，只不过我们之间总有个时间差，所以老是失之交臂，但我们都心照不宣，彼此都知道对方在干什么。”

尼娜觉得马里兰警长的话说得藏头露尾，有点不知所云。她问：“警长，这么说，你是同意保罗的看法，也认为是卡玛窃取了父亲的研究资料？”

“话别说得那么难听嘛，至少有一点我的看法与保罗博士是一致的，那个机器人肯定知道你父亲研究资料的下落。”

尼娜惊喜不已：“啊，保罗是不是找到了那个机器人？”

“你听我把话说完。”马里兰警长道，“我和保罗博士确实是英雄所见略同，我们从一开始就把目标集中在那个机器人身上，这不仅仅是因为她掌握了马勒教授研究的资料，而且据我所知，她还掌握了一个至关重要的秘密……”

“什么秘密？”

“她的手里掌握了马勒教授被人谋杀的证据！”马里兰警长回过头直截了当地说。

尼娜双手紧紧攥住前座的靠背，心脏突突直跳，几乎快从嗓子眼儿里跳出。“怎么，爸爸是被谋杀的？不，不可能……”

“你冷静些，”过了一会儿，马里兰警长回过头来拍了拍尼娜的手，“我因为相信你，所以把实情告诉你。你可以回忆一下，当你回家和马勒教授见面时，机器人喊马勒教授接电话，这时，马勒教授走向楼梯口，他拿起话筒没讲上几句，突然倒下，很快就死了，在此之前，他没有发病的任何征兆。显而易见，他的死太突然，而且只有一个解释——电话与马勒教授的死有很大关系。你也知道，电话当时就坏了，为什么突然坏了，这又是一个疑点。但是，凶手没有料到，电话的录音磁带记录了当时的对话内容。等他发现录音磁带已经不见，他开始着慌了，为了消灭罪证，不让罪证落入他人之手，他千方百计要找到这盒可怕的磁带，而且根据推理，电话录音磁带只能在机器人手里，不可能有第二个人，这才是他四处搜寻机器人的根本原因。”

尼娜此刻心乱如麻，一阵眩晕袭来，她无力地趴在前座靠背上，喃喃自语道：“这怎么可能……这怎么可能，电……电话……怎么会……会杀死人？再说，谁……谁那么狠心，干吗要……要杀……杀爸爸……”

马里兰警长没有吱声。汽车过了一道桥，拐弯爬上山坡，把高速公路甩到身后去了。前面是一条车辆很少经过的沙石路，汽车蜿蜒而上，很快登上一座草木稀疏的孤立山丘。

这里居高临下，视野相当开阔。落日的余晖在山丘上抹上金黄，远山笼罩着淡淡的暮色。山丘的制高点没有树木，只有一座巨石砌筑的荒废的房屋。年深日久，石墙色调灰暗，石缝里长着杂草，颇像一座古代的城

堡。石屋上面开有窗户，但门窗紧闭，不像有人居住的样子。可是，倾斜的石板房顶竖着一根天线，像一条长蛇隐没在杂草丛中。

两辆车一前一后登上山丘，这时他们发现，有人捷足先登，石屋前面的空地上停了两部汽车。

尼娜一眼看见其中一部车是保罗的，不禁又惊又惧，忙问："警长，这是什么地方？保罗的车子怎么在这儿？"

马里兰警长没有回答，却反问道："你没有来过这儿？保罗博士没有告诉你吗？"

尼娜愣住了，不知如何对答。

"看来保罗博士对你也保密了，也许所有的科学家都有共同的毛病，他们不愿意别人了解他们的秘密。"马里兰警长笑得很勉强，"走吧，尼娜，这里是保罗博士的秘密实验室。"

"真的？"尼娜将信将疑，连忙表白道，"我真的从来没有听说过，他在这儿干什么呢？"

马里兰警长召唤他的助手查理——开车的司机就是他，和另一个开车的年轻警官，三人四处查看了一番。尼娜的姑妈和堂兄弟也下了车，他们困惑不解地交换眼色，奇怪为什么上这儿来。

"保罗会在这儿吗？"朝石屋的门走去时，尼娜像是自言自语。

"我想，他正在等我们。"旁边，马里兰警长回答道，然后攥紧拳头敲了敲沉重的木头门。

这时，大门突然打开，从里面迎出来的不是保罗，而是机器人卡玛。蓦地，所有的人听见了屋里传出声嘶力竭的呼救声："救命啊！救命啊！"

尼娜闻声大惊，她分明听出这是保罗博士的声音。

她瞥了马里兰警长一眼，见对方无动于衷，而且脸色变得十分严峻而冷淡，她刚喊了一声"保罗"，便不敢再喊了。

尼娜意欲询问卡玛，但机器人态度冷漠，似乎从不认识她。

进了大门，方才发觉石屋里面很宽敞，从外面倒看不出。靠墙有一架木头梯子可通上层，但楼梯口的出入口很小，仅容一人。如果抽掉梯子，封住入口，要想上楼就非常困难。楼下很凌乱，有几把破旧的沙发和缺胳膊短腿的家具，像是堆放杂物的仓库，散发出潮湿发霉的味道。

马里兰警长和卡玛低声耳语，随即他跟在机器人后面登上梯子。尼娜和她的亲戚也只好硬着头皮上楼了。

保罗博士的呼救声这时一声高过一声，当所有的人陆续从狭窄的出入口登上古堡的楼上时，眼前的陈设使每个人都惊讶极了。

这里布置谈不上豪华，倒也并不寒碜。四面墙上是很大的玻璃窗，朝各个方向望去均一览无遗。楼上布局紧凑实用，有卫生间和不大的储物室，剩下的空间摆着一张大写字台，旁边放着供休息用的摇椅。靠墙一张台球桌大小的桌子占很大空间，上面放了一台构造奇异的机器，外观像发电机，缠绕着一圈圈粗大的电缆，与它并联的是几台类似示波器的仪器和电闸开关。此外，桌子一端放着四部异常醒目、不同颜色的电话，连接在电闸开关上。

“警长，快救救我，他们是一伙的，是他们合伙窃取了马勒教授的研究成果！”保罗博士双手被倒绑在写字台后面的椅子上，拼命地挣扎着。看见马里兰警长等人到来，他像盼到了救星，越发喊得响。

尼娜扑向保罗，意欲救他，她的堂兄弟也赶忙前去，但是一个身材高大的年轻人的目光把他们吓住了。年轻人站在椅背后面，一手按住挣扎的保罗，一手示威似的按住接近他的人。

他脸上挂了彩，但没有流血。

“这是怎么回事？”马里兰警长上前喝道，然后用缓和的口气向年轻人说，“我是马里兰警长，你先放开他，有话慢慢说。”

他的话很灵，那个年轻人二话没说，顺从地松开保罗，尼娜等人连忙解开保罗身上的绳子。

这时，在场的人不知不觉一分为三，卡玛和那个受伤的年轻人为一方，保罗、尼娜等四人为一方，剩下的是三个警官。众人默默对视，彼此都怀有戒心。

马里兰警长打量了周围的环境，一屁股坐在摇椅上，然后摸出香烟，用打火机点燃，慢条斯理地说："难得今天各位都到齐了，我看事情该了结了吧。"他猛吸了口烟，望着写字台那边的保罗，"你说呢，保罗博士？"

保罗一边用手轮番揉着被绳索捆疼的胳膊，一边恶狠狠地说："你亲眼看到，他们要加害于我，他们窃取了马勒教授的研究资料，事情再清楚不过，警方应该马上逮捕他们！"

"警长，如果不是咱们早来一步，也许他……他就会杀了保罗。"尼娜指着陌生的年轻人附和道。

"不要急，等我把事情弄明白了再抓不迟。"坐在摇椅上晃悠的马里兰警长不慌不忙地回答，他转脸对助手说，"查理，你带录音机了吗？我想，我们应该把在场各位的讲话录下来，免得日后麻烦。"

查理从皮包里取出一台录音机，接上了电源。众人见状不禁投来惊讶或好奇的目光。

"很好。保罗博士，你能否告诉我们，你为什么不出席马勒教授的葬礼，偏偏跑到这儿来？这一点，我相信，你的妻子和两位远道而来的亲属也是希望知道的。"马里兰警长单刀直入地转向保罗。

"这没有什么，我可以告诉你。今天早上，我起床不久，发现卡玛鬼鬼祟祟地站在门外不远的地方。她好几天没有露面，这时候又回来了。我当然不能放过她。我没有惊动尼娜，只告诉她我很快就回来，然后对卡玛说要和她谈一谈。为了避免外人打扰，我把她带到这儿来，希望她能提供马勒教授资料的下落。但是尽管我好言相劝，她还是拒不承认。我实在忍无可忍，动手打了她。这是她的同伙，就是他（保罗指着对面的陌生人），不知怎么钻进房间，和我厮打起来，企图置我于死地，后来的情况你们也都看见了。"

"是这样！你除了向卡玛盘问马勒教授的资料，没有问她要别的什么东西吗？"马里兰警长目视对方，声音严厉起来。

保罗一怔："我不懂你的意思。"

一旁的卡玛忍耐不住，当众揭穿他的谎言：“别撒谎了！你一再追问我那盒磁带，就是马勒教授电话上的录音磁带。你要我交出来，你打我，威胁我，你说我如果不交出来，就将我扔进密歇根湖。如果不是琼斯及时赶来，我早就被你从这儿推下悬崖了。”卡玛的手指着保罗身后的窗户。这时马里兰警长起身走向窗前。他拉开窗帘探身俯望，石屋的后墙竟是贴着陡峭的绝壁，向下百十来米，密歇根湖的万顷碧波已被暮色笼罩，变成混沌一片。朦胧中，隐约传来湖水的浪涛声——他没有想到，竟在这里与密歇根湖见面了。“的确，这儿很惊险，从这儿推下去就没命了。”他说。

“胡说八道，我根本不知道什么磁带！”保罗涨红着脸嚷嚷道，身体从椅子上抬起来。

马里兰警长踅回到椅子后面，双手按着保罗的肩膀让他坐下：“不要激动嘛！保罗博士，磁带倒是有一个，可是你晚了一步，现在不在卡玛手里。”他对助手说，“查理警官，麻烦你把磁带放给大家听一听。”

保罗脸色骤变，呼吸也突然急促起来，两眼滴溜溜地乱转。查理警官从皮包里取出一盒磁带，放进了录音机。

在场的人屏息敛声，目光聚集在窗台上的小型录音机上，一阵沙沙的声音过后，录音机响起极其简短的对话：

“喂，你是哪一位？”听得出来，这是马勒教授的声音。

“哼，我是上帝派来的，请你去见上帝！”嘶哑而沉闷，是个男人的声音。

“你是谁？”马勒教授愤怒地诘问，“你想干什么？”

“我要你去……死！”对方咬牙切齿地回答。接着，电话中传来一声尖利的哨声，像锋利的刀划破丝绸一样……

查理按下按键。对话仅仅只有这样几句。众人面面相觑，尼娜悲痛欲绝地望着保罗，几乎站立不住了。

保罗突然仰面哈哈大笑起来：“警长先生，这能说明什么呢？编造这样一个录音磁带，恐怕技术上并不困难。再说，即使这是真的，只能说明马勒教授接过一个恐吓的电话。你大概不会忘记，马勒教授是因为脑出血而死的，难道像他这样意志坚强的人会被一个恐吓电话吓死不成？”

马里兰警长像是受到保罗的感染，放声大笑道：“保罗博士，我很佩服你的镇静，你当然很清楚，从这个磁带上我们很难分辨是谁给马勒教授打的电话，因为在你这里有几部变声电话，可以使你的声音改变声调。”

他走向靠墙的大桌子，摸着那四部不同颜色的电话说：“不过，我现在请查理警官再放一盘磁带，你们大家就可以听出，究竟是谁给马勒教授打的电话。我们警署的计算机专家把刚才的那盘磁带进行了技术处理，剔除了变调的人为干扰，于是打电话人的声调就恢复了原形。查理，请吧——”

查理警官像刚才一样重复操作，这时每个在场的人都清晰地听见，打电话给马勒教授的人竟是保罗博士。

尼娜和亲属们惊呆了，尼娜不禁失声恸哭起来。

“你哭什么？”保罗对尼娜吼道，“退一万步，即便是我打的电话，法律难道能治我的罪？马勒教授的死和我又有什么关系？”

“保罗博士，不要再表演下去了。你的杀人凶器就在这儿。”马里兰警长走向靠墙的大桌子，指着桌上那台发电机模样的奇异机器，“大家过去看看，这就是保罗博士的精心杰作。三年前，你买下这幢偏僻的房子，在这里设计组装了这台杀人机器。我不否认，你多才多艺，有点儿小聪明。不过，虽然你是搞化学的，是马勒教授的学生，可你在化学领域多年毫无建树，所以你对那些超过你的人又忌又恨。你不是用你的研究去超越别人，你只想窃取别人的成果为自己换来名誉。于是，你挖空心思设计了一套巧妙的杀人武器，你在电话的一端安装了一台大功率的次声波发生器，只要对方接通电话，不管距离远近，你只需打开次声波发生器，强大的次声波就通过电话线传送到对方的话筒，可以想象，接电话的人头部即刻受到致命的伤害，而且不会留下作案的痕迹……”

马里兰警长说话时，保罗的脸色红一阵白一阵，他惊慌地左顾右盼，像被猎人包围的野兽开始感到不安。但是他还是极力保持镇定，嘴角浮出嘲讽的笑意。

“你的第一个打击目标是爱德华教授。他是一位杰出的理论化学家，而且是你的顶头上司。你忌恨他的才华，他的威望，更觊觎他的研究成果，于是你等待时机，寻找下手的机会。去年4月25日上午，你得悉他出席国际化学年会，你认为机会到了。你精心研究了爱德华教授的日程，在开幕式这天，你给他的旅馆房间拨通了电话。事先你给服务台打了电话询问他的行踪。果然当爱德华教授拿起旅馆房间的话筒，你听出是他在接电话，便残忍地接通次声波发生器，将他杀害了。

“你以为你做得天衣无缝，但是还是有人为这件谋杀案提供了重大线索。急救中心的波特教授通过解剖尸体，发现爱德华教授死得太蹊跷，他的脑部大面积血管破裂出血，是极大的震动造成的，并非通常的脑出血，只是由于缺乏更多的证据，最后只得不了了之。

“爱德华教授之死，首先对你产生怀疑的是马勒教授。你在爱德华教授遇难后，借整理他办公室遗物之机，窃取了他的研究成果。后来，你以自己的名义改头换面发表了几篇学术论文。可是，你忘记了马勒教授是爱德华教授的同窗好友。当年他们一道在法国留学，马勒教授对爱德华教授的研究进度十分熟悉，他们经常在一起交换对研究的看法。所以，当马勒教授看到你发表的论文，他感到这不可能是出自你的笔下，他对你的人品产生了怀疑，但是碍于情面，不管怎样你是他的女婿，加上他没有拿到确凿的证据，他无法深究这件事，但是从此他和你的关系冷淡下来，他不许你们搬到他家里，不许你进入他的实验室，你大概不会没有感觉吧？

“然而，你的贪婪和私欲远远无法满足。你对马勒教授的研究多多少少也略知一二，你知道这项成果的重大价值，如果得手，你不仅可以赢得巨大荣誉，还可申请专利，你的财富可能就是天文数字。这是你梦寐以求的。

“你开始实施第一步行动计划。你从‘体育场事件’受到启发，怂恿尼娜买下机器人卡玛，在马勒教授六十岁生日时作为生日礼物送给他。一来取悦于他，博得他的好感；二来你企图让卡玛作为内线，打入马勒教授的家，借她之手获取马勒教授实验室的秘密。

“在这里，你犯下一个常识性的错误。你以为机器人是忠实于主人的，你作为她的主人，她就会百依百顺听从你的安排。可是机器人的电脑程序规定，一旦换了主人，它就会自动取消对原来主人的依附，从此听命于新的主人，原来的主人对它不能再发号施令。何况，机器人的法律规定，它们不能有害于人类，不得违背人类的社会公德。你要求卡玛千方百计打听马勒教授研究的进展，甚至不择手段企图闯进实验室，不仅不能得逞，反而引起马勒教授的小心提防，这点，是你始料未及的。

“种种尝试失败后，你不但不肯善罢甘休，反而因恼怒而产生了杀人之心。你思虑了很久，决定采取最残忍的一招儿，从肉体除掉马勒教授，然后成为他的合法继承人。你的盘算很不坏，因为马勒教授只有一个女儿，他死了，你们立即可以堂而皇之搬进他的家，那么他的实验室，他的研究成果，名正言顺统统归于你的名下。所以当尼娜接到马勒教授的电话，说他父亲将去欧洲旅行时，你觉得这是天赐良机，不能再拖下去。你借故不去送行，立即赶到这个石屋，给马勒教授打去电话，正是这个杀人的电话导致了马勒教授的死亡。

“不料，冤家路窄，急救中心的波特教授，正是当初抢救爱德华教授的急救专家。他发现马勒教授的死因竟和爱德华教授完全相同，由此产生更大怀疑。这就为本案的侦破提供了最重要的证据。两位著名的化学家都是在接电话时倒下的，死亡的症状都属于非正常死亡，由此排除了其他种种谋杀的可能，使我们关注的范围大大缩小了。

“你错误地估计了你的对手——马勒教授。当你和尼娜离开急救中心，你没有回自己的家，而是急不可待地返回马勒教授的住宅。在这个节骨眼上你又犯下一个极大错误。你在急救中心就发现卡玛不见了，你对她不放心，所以你为了把马勒教授的研究成果拿到手，决定先去马勒教授的家。你没有料到事情比你预料的要糟，你扑了空。马勒教授早有预感，对你早有防备，所以在去欧洲旅行之前，把所有的研究材料统统转移到一个安全的地方。

“你又气又恼，立即向警署报案。你判断只有卡玛知道研究资料的下落，这点你是正确的。你被贪欲冲昏了头脑，竟然不怕暴露自己的身份，贼喊捉贼，企图把警方的注意力引向这个机器人，以便转移视线。不料，你忙中有乱，我们检查马勒教授的住宅时，发现电话的录音磁带失踪了，你只顾寻找马勒教授的资料，忽略了这个至关重要的细节。你这时害怕了，担心露了马脚，虽然你在讲话时做过变声处理，你也不放心。于是，你坐卧不安，千方百计要找到卡玛，你知道电话录音磁带肯定是她取走的，不可能有第二个人。当然你没有想到，你的一切行动早在我们的监视之下，你走到哪里，我们的眼睛就盯在哪里。

“但是，我们还必须找到你的杀人武器。你很狡猾，一直不暴露这个秘密的实验室，连你的妻子也蒙在鼓里。于是我只好将计就计，拿出我的王牌，这就是卡玛。她早已举报了你，并把电话录音磁带交给警方。我们让她回到马勒教授的家，引你上钩。果然你上钩了，你将她裹胁到汽车上，把她带到这里。你会用什么手段对待她，逼她交出录音磁带，我早有预料，而且事先做了一点儿手脚，在卡玛身上安装了无线电发射器，不论她到了哪里，我们都能找到她。”

说到这儿，马里兰警长拍了拍陌生的年轻人的肩膀：“琼斯，谢谢你帮忙……”

“先生，我为了卡玛，命都可以豁出去。”琼斯挺胸说道。

“你们机器人都是这个性格。”马里兰警长用拳头捅了捅琼斯，夸奖道。

石屋里一片死寂，从湖上刮来的风将窗户吹开，窗外风声大作。

蓦地，坐在椅子上的保罗趁人不备，腾地跳了起来。他的动作十分敏捷，一个箭步蹿到窗前，接着像跳水运动员一样纵身飞出窗外。转瞬之间，保罗跳下悬崖，落入密歇根湖……

马里兰警长大惊失色，扑向窗前。天色漆黑，伸手不见五指，趴窗俯瞰，暮色如浓稠的墨汁，把什么都吞没了，只听见呼呼直响的风声和隐约传来的浪涛拍岸的哗哗声。

“快，快去找……”马里兰警长慌忙说。

石屋一片忙乱，警官们夺门而出，朝黑暗的悬崖底下奔去。

八　余波未息

好不容易盼到了休假，马里兰警长一大早带着全家人到密歇根湖去度假了。

他在码头租了一艘乳白色的自动导航游艇，带了渔具和野炊的全副用具，还带了野营的帐篷，看来是要在湖畔过夜了。两个孩子高兴得像过节一样，在游艇的甲板和船舱里跑上跑下，嘻嘻哈哈，发出一阵阵尖叫。妻子坐在帆布躺椅上进行日光浴，马里兰发现，妻子今天也刻意打扮过，头发也烫了，换上了新定做的米黄丝绸的夏装，悠闲地享受清风和阳光。她今天真漂亮，马里兰警长似乎第一次发现。

游艇逆流而上，向上游的密歇根湖驶去。马里兰换掉了黑狗皮似的警服，只穿了一件宽宽大大的棉质衬衫，连领带也懒得打。他站在游艇的尾部，任拂面而来的阵阵清爽的风吹散他的头发，似乎要把满脑子的案件吹得干干净净。他实在感到疲惫，应该好好地放松放松了。

游艇的速度很快，在起伏的波涛上轻快地滑过。天气很好，昨夜下了一场小雨，天空特别蓝，空气一尘不染。崖边绵延不绝的山峦、树林和一幢幢农舍令人赏心悦目。江面上不时有迎面而来的船只，远处帆影点点，似乎也是朝密歇根湖而去的游船。

那天晚上马里兰警长在密歇根湖搜寻了一夜。保罗从石屋的窗户跳下悬崖，很快不见踪影。夜黑如墨，给搜寻带来很大困难。他和查理等几位警官在附近的渔场借了一艘快艇，围绕悬崖下方的湖面查找保罗的下落。那一带水很深，水下还有礁石，快艇也只能放慢速度，可是尽管他们个个累得筋疲力尽，却连个鬼影子也没有见到。他们估计，保罗八成是淹死了。不过，即使死了，也要找到尸体才行，否则怎么结案？

“爸爸，爸爸，一条大船！”小女儿突然惊喜地喊道。

马里兰警长从冥想中惊醒。两个孩子倚着船帮的栏杆，在那里指指点点。小艇前方，一艘又旧又脏的货轮吐出团团黑烟，突突地朝游艇开了过来。

他的妻子也从帆布躺椅上坐起，手搭凉棚望着渐渐靠近的货船。

马里兰警长立即操作导航仪，拨动船头，免得和货轮靠得太近。不过，他这时才发现，货轮的甲板上有几个人正在不停地朝这边挥手。

“马里兰警长！马里兰警长！”远远地传来阵阵呼喊。

“他们在叫你！”妻子提醒马里兰警长。

“是谁呢？怎么在这条运煤船上？”马里兰好生奇怪，“莫不是又有什么案情，那可就糟了。”他心想。

那艘运煤船放慢速度，越来越近，已经可以看清甲板上每个人的脸孔。马里兰警长急忙刹车，游艇停了下来。

当两艘船轻轻地碰撞后，马里兰警长上前抓住运煤船船帮的一排旧轮胎，那是靠岸时为防撞而用的。他仰起头看了看对方的面孔，不禁又惊又喜。

“喂，卡玛——琼斯——你们怎么在这儿？”他高兴地喊道。

运煤船的甲板上聚集了四五个人，其中有他熟悉的两个机器人。只不过卡玛脸上沾满煤灰，像个黑人，难怪马里兰警长一时没有认出来。

“警长，我现在到船上来工作了，这儿很不错，痛快极了。”卡玛笑着说，露出雪白雪白的牙齿。

“啊，我知道了，琼斯在船上当水手，你也上这儿来了。卡玛，你在船上干什么？给他们做饭，当厨娘？”马里兰警长搭讪道。

不料，运煤船上的人哄笑起来。

马里兰警长被他们笑糊涂了，这有什么可笑的，他大惑不解。

突然，船上的人放开喉咙，异口同声地喊道：“我们都是机——器——人，我们不吃饭，哈哈……”

马里兰警长和妻子相视一笑。“太有意思了，这条船上都是机器人，他们的生活一定很有趣的。”妻子道。

马里兰警长问：“卡玛，你离开马勒教授的家，没有遇到什么麻烦吧？”

他之所以这样问，是因为机器人要获得自由，法律手段相当繁杂，作为马勒教授的继承人，尼娜会不会同意卡玛离开，往往是扯皮的事。

卡玛回答道：“谢谢你这样关心我。我很感谢我的主人马勒教授，他在留给律师的遗嘱里写到，一旦他去世，我即恢复自由，我可以根据自己的意愿选择自己的生活。不过，这有一个前提——”

“怎么，还有附加条件？是什么？”马里兰警长颇感兴趣地问。

“这个前提嘛，其实他不写上我也会办到的。”卡玛笑了起来，说，“遗嘱中特别规定，我必须将我录入的有关光能转换剂的全部资料复制出来，原封不动地交给国家科学基金会，因为这个项目是该基金会出资支持的研究课题。马勒教授还申明，这项发明所取得的经济效益，其中百分之五设立以他的名字命名的科学基金，用以扶持奖励能源研究，还有百分之一归他女儿尼娜所有，作为尼娜继承的遗产。”

“怎么样，事情办妥了吗？”马里兰警长问。

卡玛点点头，答道：“放心，一切都了结了。我不但将全部研究资料一字不漏地完璧归赵，而且请国家科学基金会从我的电脑里抹掉全部信息……”

“干吗这样？”马里兰警长感到惊奇。

这时，卡玛收敛笑容，郑重地告诉马里兰警长，从电脑中抹掉有关光能转换剂的研究资料，对机器人来说是极痛苦的，不亚于普通人做一次脑外科大手术，但她还是决定承受这样难以忍受的痛苦。不仅如此，她还花钱在报上登了一项声明，这笔费用是她退掉赴欧洲旅行的机票支付的。

她在声明中郑重宣告，从此她与光能转换剂的发明、使用、转让等一概无关，也不承担任何法律责任。她说："警长，我可不想再看到你们之间的明争暗斗、自相残杀，在这方面，我们机器人只能甘拜下风，我们不想参与，也没有本领参与。"

这番话使马里兰警长心境黯然。的确，他经手了数不清的情节离奇的案件，归根结底，无不暴露了人性的堕落、社会的腐败、道德的沦丧，连机器人也深恶痛绝了。而自己的辛劳，每天起早贪黑、废寝忘食地侦查和追踪，冒着生命危险追捕案犯，又能有多大作用呢？

他低垂着头，手扶运输船的船帮，久久说不出话来。

琼斯这时从那条船探身问道："马里兰警长，你们一家上哪儿去呀？"

这话提醒了警长，他收回纷乱的思绪，打起精神答道："我休假了，一家子到湖边钓鱼，痛痛快快地玩一玩。"

"密歇根湖风平浪静，我们刚刚从那边过来，游船可不少哇！"

"祝你们过得愉快！"卡玛说，还一个劲儿地朝两个孩子招手。

"卡玛，琼斯，有空上我家来玩。"马里兰启动马达，向运煤船道别时又说。

运煤船又继续向下游开去，渐渐在远方消失。马里兰警长打心眼里祝愿卡玛从此有一个新的生活。她生存在自己的同类之中，不再受人类控制，也无须卷入人类的是非争斗之中。他觉得那艘破旧的运煤船无异于机器人的伊甸园，太令人羡慕了。

忽然，船舱里的无线电话响了起来。

马里兰警长一怔，真见鬼，谁在这个时候打电话？

他很不情愿地拿起话筒，瓮声瓮气地问："你是谁？"

"警长，我是查理。局长要我转告你，请你到了密歇根湖后立即到湖区水上派出所，那里发现一具溺水的男尸，根据报告提供的特征，很可能是保罗博士……"

"喂，今天是我的休假日，不能派别人去吗？"马里兰警长怒气冲冲地喊了起来。

“我很抱歉，今天实在抽不出人，刚才接到紧急通报，总统先生的座机被一伙机器人劫持，发生了枪战，我们的几个弟兄受了伤。现在警署所有的人，包括局长在内，立刻要赶赴现场……”

又是机器人，马里兰警长不禁笑起来，这会不会又是栽赃呢？

“偏偏这个时候劫持总统，什么时候劫持不行。”马里兰警长甩下电话，恶狠狠地咒骂道，不过，这些话他是在肚子里说的。

他无可奈何地望着一旁惊讶的妻子，浮出一丝尴尬的苦笑。

“你瞧，密歇根湖，真美！”他指着水天茫茫的天际，大声地对妻子说。

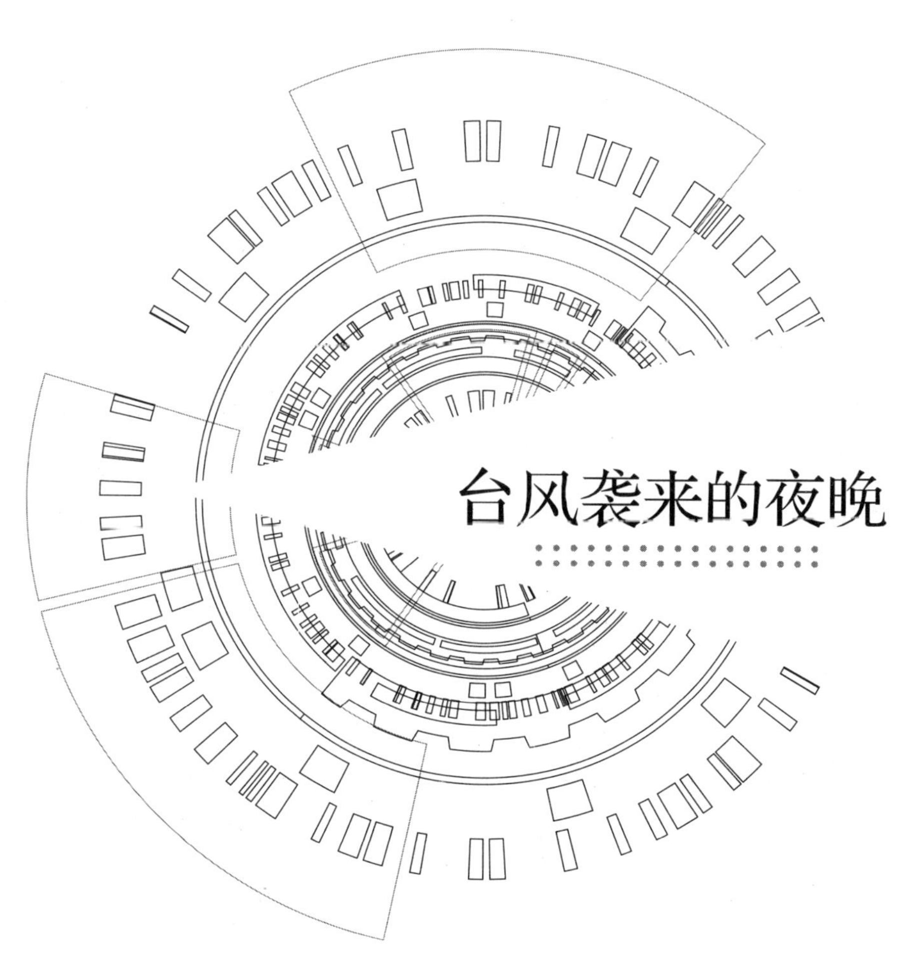

台风袭来的夜晚

一

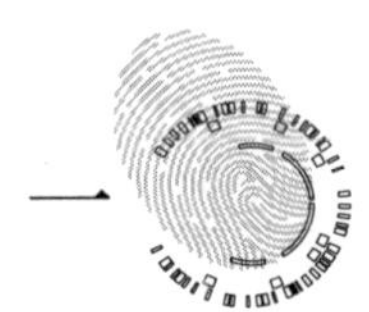

我从首都调到S城当驻省记者，算来也有三四个年头了。

S城人的生活习惯跟北京人不同，早晨睁开眼头一件事便是上茶楼喝早茶，当地人戏称“早上皮包水，晚上水包皮”，意思是，早上喝茶，晚上洗澡。我们几家首都新闻机构的驻省记者都是单身一人在外，比邻而居，自然入乡随俗，每天一大早到附近一家黑天鹅茶楼喝早茶成了雷打不动的节目。久而久之，善解人意的老板特别关照大堂小姐，将我们这帮“老记”安排在二楼临窗一张红木圆桌，于是，这里就成了我们每天碰头交换信息的“新闻中心”。

姬娜台风袭击S城的第二天，我从外县采访回来，晚上又开了夜车，醒来已是次日上午九点。我冒着瓢泼大雨，穿过拥挤的过街楼，直奔黑天鹅二楼茶座，那张红木圆桌上面已是杯盘狼藉了。

我向大家打个招呼，找了个空位坐定，正向推着小车过来的服务员招手。忽然，身旁的同行们笑声迭起，那笑声似乎有传染性，像一只无形的手搔了他们的胳肢窝。

“你们……笑什么？”我莫名其妙，下意识地看了看身上的衣服。有一回，也是这样匆匆忙忙，我把外衣穿反了，进了茶楼，自己浑然不知，惹得他们哄堂大笑。

“来来来，来喝茶。”人民日报资深记者老匡拎着茶壶给我斟茶。

坐在对面的小耿是中国青年报的，是一个最调皮的活跃分子。他用筷子点着我，调侃地说：“老罗，你可是中了头彩，今天你得请客。”

“请客不成问题，可总得有个由头。你们在搞什么鬼名堂？”

我越是追问，他们越是笑而不答，但我觉察出他们似乎有什么重要的事瞒着我。

笑闹了一阵，老成持重的老匡收敛笑容道：“老罗，听说这些日子你采访了章石山，你是不是打算把他树为科技战线的先进典型？”

“什么时间见报？”老匡接着又问。

本来，新闻界的一大忌讳，是刺探同行的业务秘密。同行是冤家嘛！尽管彼此关系不错，可是涉及具体业务还是互相保密的。

但是，今天的气氛使我产生了疑惑，老匡不像探听什么秘密，他话中有话。

于是，我便坦白地说：“章石山是我从省科技局挖到的一个先进人物典型，此人年富力强，锐意革新，他作为自动化研究所的所长，励精图治，艰苦奋斗，外引内联，面向市场，把一个人才外流、人心浮动的研究所办成奋发图强、出人才出成果的先进单位，所以我花了一个多月采访他，准备将章石山树为科技战线的一面旗帜。”

我越说越兴奋，索性把我的报道计划和后续报道打算一股脑儿和盘托出。

“现在，全部稿件已发编辑部，老总很满意，准备作为典型在‘七一’期间发表。”我得意扬扬地说。

我的话音刚落，又是一阵哄笑声，甚至将窗外哗哗的雨声盖过了。

我惊愕地望着同行们，不禁涌起从未有过的愤懑。他们这是怎么啦？是有病还是嫉妒？

老匡见我脸色不悦，连忙示意大家别再起哄。

“咱们说正经事吧。老罗，你先吃点儿。”老匡像个老大哥，将点心碟子推到我面前，神情严肃地说，“老罗，你赶快跟编辑部联系，有关章石山的报道立即撤回。对，你要求撤回原稿最好……”他扫了一眼众人。

“为什么？”我觉得不可思议。

小耿用手指着我：“你呀，还蒙在鼓里。你的那个章石山是个什么先进典型，他跑了……”

“不单是他跑了，还带着个杨翠翠一块儿……”经济日报的老苏接过话茬儿道。

坐在我身旁的老大姐、中央电视台的刘芬说：“听说他们卷走了数额惊人的巨款，省纪委昨天已经进入自动化所……”

“本年度十大新闻，章石山准保是名列前茅。”小耿笑嘻嘻地讥讽道，“听说他不仅将所里的几百万美元转移到自己的账号上，还把省里给职工盖宿舍的五千万元基建款也一扫而光，这家伙心够黑的！”

老苏说：“那还不容易，那个杨翠翠是财务科长，他们勾搭起来，那还不是囊中取物……”

“喂，你们说章石山这家伙能跑到哪儿去？”刘芬问。

“到外国呗，找个地方躲起来，隐姓埋名，那些钱还不够他们俩美美地过一辈子？”小耿拍着凸起的肚皮，“这都是早就精心策划的，说不定护照签证早就弄好了，真精！”

他们东一句西一句的议论，像是无形的巴掌，掴在我的脸上，我顿时血液涌上太阳穴。我听不见周围的声音，也不知道他们一个个是怎么离去的。我无地自容，搞了大半辈子新闻，这一次算是栽了。

“老罗，用不着生这么大的气，吸取教训吧，生活就是这样复杂。现在为时还不晚，赶快给编辑部挂电话……”老匡拿着他的手机递给我，诚恳地劝道。我感激地抓住他的手，接着拨通了北京的编辑部：“章石山的报道全部撤销……情况相当复杂……等我调查清楚后再报告……”我有气无力地喊着。

我白费了一个月的工夫，白天黑夜地采访，耗尽心血写的报道，就这样扔进了编辑部的字纸篓。这还不算，我还永远无法洗刷编造假典型的坏名声。尽管我的报道并没有产生任何社会影响，可是，好事不出门，坏事传千里，我恐怕要一辈子背上这个黑锅了。

我毫无办法。也许，我交上了“华盖运”，什么倒霉的事都给我碰上了。

不久后，我去北京参加全国地方记者会议。我想这件事瞒是瞒不过去的，不如自己争取主动，做一番深刻的检查，借此机会我也提出调回北京的请求。我的理由是冠冕堂皇的：由于我的失误，败坏了通讯社的名誉，我也不合适在S城当驻外记者。当然，我心里埋藏的“小九九”早已算计好：我的对象在北京工作，她早就下了最后通牒，如果年底不调回，她就跟我“拜拜”了。

不料，老奸巨猾的总编辑听完我的一番检查，不但没有板起面孔严肃批评，反而哈哈大笑起来：“小罗呀小罗，你真是小题大做，如今的官场，哪一个贪官污吏案发之前不是身居要职，头上有许多美丽的光环。你没有听说过吗？‘白鼠黑鼠，逮不着的就是好鼠。’这有什么奇怪？吃咱们这碗新闻饭的，不是算命先生，也不会预测学，只能实事求是，客观报道。他今天是人民的公仆，是优秀人物的典型，咱的笔就歌颂之；他明天是大贪小贪，是蛀虫禄蠹，咱的笔就揭露之，批判之。这就是新闻的真谛，你这个新闻系的博士，怎么连这点儿常识都不懂。甭说没有见报，即使见了报，咱们反过来照样能揭露他……”

总编辑一番高论，确实叫人佩服得五体投地。我在惊愕之下，再也不敢提调回北京的“小九九”了。

见我半天没有吱声，总编辑忽然说：“你开完会也不必马上赶回S城，这里有个丝绸之路采访的任务，你去大西北逛逛吧。”

这大大出乎我的意料，虽然摸不透老总的意图，不过我心想，借此机会去一趟大西北，也未尝不是一桩美差。我也想换换心境，从那桩败走麦城的阴影中走出来。

于是，开完记者会议，我就买了机票，几天后我已置身于大漠风沙的大西北了……

二

当我披着戈壁沙漠的仆仆风尘回到S城时，台风频仍的夏天转瞬而逝，又到了秋高气爽的宜人时节。回到S城次日，我照老规矩早早儿去了茶楼，吃早茶倒在其次，探听探听这些日子的新闻却是我的本意。

我不否认，我是一个健忘的人。当我跋涉在富有西部情调的塔里木河畔的绿洲之中，忘情于吐鲁番的葡萄美酒和令人销魂的草原之夜时，我早已将S城留在记忆中的种种不快抛到九霄云外去了。什么自动化所，什么章石山的携款外逃，都像遥远的外星球发生的事件一样与我无关。我根本不去想它们，也懒得去动脑筋折磨自己，我真希望从大脑的记忆中彻底消除它们的信息，像抹掉电脑中的信息垃圾一样。

可是，我想得过于天真，我越是企图绕开的事情，越偏偏像爱捉弄人的魔鬼赶也赶不走，转眼之间又缠住我不放了。

这天，该来的常客一个不少，奇怪的是，平时有说有笑的“无冕之王”们，今天却一个个无精打采、神色疲惫，仿佛是从战场上下来的败兵。一向乐呵呵的小耿也是一副霜打的样子，提不起精神。

“你们这是怎么啦？出了什么事儿……”落座后我小心翼翼地问。

“甭提啦！还是你小子有福气，到吐鲁番跟小妞儿弹冬不拉去了，我们哥们儿这几个月算是白忙了……”小耿的嘴巴老没正经的，让你听不出要领。

我没理他，转脸去问别人，可是一个个愁眉苦脸，不是摇头就是唉声叹气。

在我的不断催问下，老匡向我透露了底细——

我离开S城的这几个月，这帮神通广大的记者们一心扑在章石山伙同杨翠翠卷款潜逃的大案上，他们认为这是个轰动全国的反面典型，所以决心抱个金娃娃，不搞则已，一搞就要一炮打响。几家新闻单位一反过去各自为战的老办法，采取联合行动，派出精兵强将，深入采访，然后各新闻媒体在同一时刻，披露这一反腐败的重大战果。他们的报道计划据说得到了上面的首肯。

岂料，案情扑朔迷离，进展极不顺利。尽管省纪委一名书记亲自挂帅，派遣了阵容强大的专案组，公安厅通过国际刑警总部发出通缉令，然而，忙了几个月，不仅毫无头绪，章石山两人更是像蒸发了一样从地球上消失了。

抓不到案犯，卷走的巨款没有下落，甚至连案犯是如何潜逃的都一无所知，这宗大案要案怎么了结？又如何向大为震怒的上面交代？

不仅专案组陷入困境，参与采访的记者们也进退两难。放弃吧，几个月的调查岂不是白费；不放弃吧，省纪委又不让发表片言只字，因为案犯下落不明，赃款不知去向，无法向公众交代。看来，自动化所的大案钻进了死胡同。

本来就精瘦的老匡，眼眶发黑，一筹莫展地说："这宗案子的前前后后疑点太多，令人百思不得其解。据多方调查，6月18日这天，正是姬娜台风登陆的第一天，狂风暴雨袭击省城，由于天气恶劣，机场关闭，港口的船只全部躲进防浪堤内避风，航运中断，高速公路和汽车客运也临时关闭或停止运营。这样的天气，章石山和杨翠翠是很难逃走的。"

坐在一旁的刘芬补充道："怪就怪在这里，省公安厅根据多方侦查，6月18日这天，自动化所有很多人见到过章石山和杨翠翠，章石山还到各处检查了办公楼和实验室是否漏雨进水。下班后他的办公室一直亮着灯光，守大门的刘大爷看见章石山和杨翠翠的自行车还在车棚里。就在这天晚上12点差一刻，省公安厅根据掌握的情况决定逮捕章石山，几路人马将自动化所和章石山的住所包围，可是，已经晚了一步，他早已不知去向。办公室和他的住宅都已没有他的踪影。第二天，发现杨翠翠也失踪了……”

“问题是他们恰恰就在台风之夜逃跑了，”小耿急赤白脸地说，“专案组一帮人查封了自动化所的账，结果令人大为沮丧。自动化所老少爷们盼了多年的宿舍楼基建款，总共4800万元不翼而飞。这还不算，还有275万美元的科研课题费也不见踪影，据查中国银行的账号，早在3天前被杨翠翠转移到一个神秘的账号上，那是她的私人户头。他们把自动化所掏空了！”

大家你一言我一语，大体勾勒出这宗疑案的来龙去脉，我理解他们的沮丧和失望。新闻这碗饭，也不是局外人看来那么好吃的，我对此深有体会。

说实话，对这宗案子，我表面上若无其事，也不发表任何评论——因为我忘不了上次采访章石山的惨痛教训，也不想凑热闹过问这个棘手的案子，可是我的内心深处，不知怎的，却无法摆脱这个案子的诱惑。

也许是记者职业的“劣根性”吧，整整一天，不论是出席一家电信公司的新闻发布会，还是回到住地写稿子，我都魂不守舍，越是不想理会章石山的案子，潜意识越是顽强地按自己的思维逻辑驱动我的肢体。当天晚上，我就像鬼使神差似的开着桑塔纳，身不由己地穿行在S城的大街小巷。我不知道该去哪里，也不清楚自己的目标何在。等我清醒过来，我发现车已停在自动化所那扇铁栅栏的大门外面了。

看门的刘大爷几乎连问都没问就给我开了大门。因为几个月前的采访，我熟悉所里的上上下下，这里的每间实验室我都了如指掌。桑塔纳驶入院中，我径直走进灯火辉煌的实验楼。我知道，这些可敬可爱的科学家们，不管外面的天气如何，也不管他们的所长卷款潜逃，仍然白天黑夜探索科学的奥秘——他们不愧是我们民族的脊梁……

我像梦游者一样到处转悠，没有遇见一个人，最后我踏着一级级台阶，轻车熟路找到实验楼的地下室，在一扇油漆斑驳的木门前站住了。

我举起右手，用力地捶打那扇木门。

半晌，里面有人问：“谁？”

我声嘶力竭通报自己的姓名，“开门吧，我是来看看你的……”我故意说得很轻松。

那扇木门闪开一条缝，接着很不情愿地打开一半，里面的人咕哝着：“你这么晚来干吗……”

我用手顶开门，随即回敬了一句：“你不欢迎我？那我马上就走。”

“不不不，不是这个意思，乱七八糟的，连个坐的地方都没有……”他嗫嚅着从我身后赶紧将门关上。

他是个精瘦干瘪的人，灰白的头发如团蓬松的乱草，瘦削的脸上颧骨高高的，嵌着一对黯然无神的小眼睛。那双眼睛仿佛紧闭的窗户，多半时间眯缝着，但偶尔也会像相机的闪光灯，闪动狡黠而令人难以捉摸的目光。

他叫程风——在自动化所，人们背地里叫他“程疯子”。

我对程风的印象特别深，多半是因为他的绰号引起的。上回采访，我也从侧面听说不少他的轶闻趣事。他其貌不扬，却是个聪明透顶的怪才，老北大物理系的高才生，通晓五国文字。虽然年过半百，但他还是孤家寡人。据说他年轻时也谈过不少对象，但头一次见面就把人家姑娘吓跑了，因为他开口闭口爱因斯坦相对论、宇宙大爆炸什么的，谁愿意跟这么一个书呆子谈情说爱呢？

前些年所里落实知识分子政策，考虑到他年纪不小，决定分给他一套一居室的单元宿舍，他不但不领情，反而坚决拒绝，偏偏指名要一间阴暗潮湿不见阳光的地下室。他的理由是那里既可以做实验室又可以当宿舍，每天可以节省4个小时消耗在路上的时间。这就难怪人家背地里叫他“程疯子”，说他的神经系统肯定出了毛病。最要命的是他的科技课题，没有人知道他白天黑夜在鼓捣什么。你问他吧，他跟你翻白眼，说你们根本不懂，说也是对牛弹琴；你不问他吧，他吵着闹着申请科研经费，说他的发明是划时代的重大成果。

程风就是这么一个不可理喻的怪人！

这间地下室是里外相通的房子，原先是堆杂物的库房，一年四季泛出一股无法形容的霉味。外间很小，只有一张铺着竹席的木床和一张旧桌，几个书架堆满散乱的外文书籍，房间凌乱不堪，几乎难以插足。

里间面积很大，收拾得井井有条，房间里面有台怪模怪样的机器占据大半个空间，地下摊着红红绿绿的导线和一些金属元件，靠墙的一角有一台电脑。

我上次来访，程风正跪在水泥地上，佝偻着腰，头发蓬乱的脑袋几乎钻进机器里面。“你能谈谈对章石山所长的看法吗？”我向他说明来意。

当时他正在调试机器，一只手举着强力照明灯，注意力全在机器的线路上，过了半晌，他答道：“你是说章石山？好人，那是个好人……”

“你能谈得具体点吗？”我突然对他感兴趣了，因为他的回答正是我需要的。

程风钻出机器，一双眯缝的眼睛凝视着我，这时他大概才清楚我的身份和来访意图。

他抬起佝偻的腰，坐在一张转椅里。“别的我不清楚，我也很少过问所里的事。”他仰脸望着天花板，双手神经质地搓揉着，慢条斯理地说，“不过，就我个人而言，我很感谢章所长的关怀。我搞的这项研究，十几年来申请不到经费，所以研究工作进展很慢。去年，我硬着头皮找了章所长，没想到他大笔一挥，批给我1万元课题费。他那么忙，可是对我的工作特别关心，时常到我这儿看看，问这问那，听说还通知财务科科长，让她务必保证我的科研经费，这对于我无疑是雪中送炭。”

程风提供的情况很具体，很有新闻价值。所长重视科研，关心知识分子，而且是长期受到冷落的一个老知识分子，这个素材正是我求之不得的。我想用“雪中送炭”做标题最为贴切。我又挖了一些背景材料，接着，我问程风：“你的科研课题是什么，能通俗地讲讲吗？”

听我问起他的课题，程风突然像变了个人，他兴奋地站起，走向那台机器，佝偻的腰也挺起来了，苍白的脸上泛起红晕。我发现他的目光是那样温柔，充满怜爱，仿佛那台丑陋的机器是他的宁馨儿，连说话的声音也有点颤抖。

也许，多少年来，很少有人真正过问过他的事情吧。我这样猜测。

他开口谈起那台他发明的机器时，眉飞色舞，侃侃而谈。他说他的发明是划时代的，这是一台时空转换机，按照爱因斯坦的相对论和物质反物质的原理，空间和时间的转换不仅可以是正向的，而且也可以是逆向的。物质的运动在速度的变化中呈现跳跃式的转换，问题的关键是运动的速度和达到超光速的巨大能量。几个世纪以来，物理学家都在孜孜不倦地探索获取最大能量的物质运动形式，受控热核反应、粒子对撞，中微子……殊不知最大能量存在于无处不在的反物质。物质与反物质结合释放的能量，即可蜕变成超光速的速度，于是时空转换便由幻想变成现实。

“当然，这台机器还不够完善，它目前的最大时间转换半径只能是正负100年，而空间跨度还无法摆脱地球的重力场，所以像嫦娥奔月那样的速度还无法实现。但是不要紧，我已经有了个很妙的主意……”程风的眼睛闪闪发光，继续说道。

“好了好了，你甭说了！”我有点儿不耐烦地打断他的话，尽管他说在兴头上。我清楚地感觉到我的粗暴无礼似乎伤害了程风的心，他的目光立刻黯然下来，脸上笼罩悲哀的阴云。他无奈地瞟了我一眼，立即转过身去，我觉察出他似乎泪花闪闪。

我可不想浪费时间听他的疯话。虽然我不懂科学，但是我相信任何一个神经健全的人都会和我一样，对程风的疯话嗤之以鼻的。谁都知道，时空转换、时光隧道，只不过是威尔斯这帮科幻作家杜撰的玩意儿，在现实中是绝对不可能的，我可以在报道中大谈特谈章石山对他的关心支持，但是我不会用片言只语提及他的发明，我可不想背上宣传“伪科学”的罪名。

不过话说回来，几个月前，我在地下室第一次采访程风的情景，他的疯疯癫癫的话，在我的脑海里并没有留下特别深的印象。可是说也奇怪，当我得悉章石山和杨翠翠卷款潜逃，而且逃得那样蹊跷不留痕迹时，我心中立即浮现出程风的影子。时空转换机，爱因斯坦相对论，反物质，正负100年，地球重力场，伪科学……在我的潜意识里，这些早已模糊的概念像定影液中浸泡的相片那样突然变得异常清晰。程风会不会是章石山他们的同谋呢？我心里翻来覆去地想。

和上次不同，程风对我这次的造访似乎并不欢迎。他背对着我，伛偻着腰在铺着竹席的床边拾掇什么，将我冷落在一边。我窥视里间的实验室，那台怪模怪样的机器还躺在地上，盖了一块旧床单。地上到处是扯碎、揉成一团的纸片。床上有一口打开的藤箱，里面放着衣服和几本书。看来，程风是在收拾东西。他是不是准备离开呢？

“我料到你迟早会来找我的。”程风背对着我，用冷漠的口吻打破了难耐的沉默。

“你说这话是什么意思？你真的帮他们潜逃了？”我单刀直入地问。

程风没有否认也没有正面回答，依然头也不抬地说：“我现在很忙，实在没空回答你的问题。这样吧，你给我一个小时的时间，等我把事情料理完了，我一定将全部情况原原本本地告诉你。”他转过身子用恳切的目光注视我，“请相信我，我是清白的。”

我完全没有料到会有这样的结果，想了想，对他的提议表示同意：“一个小时后我再来？”

“不必了，我们换个地方吧。我也饿了，忙得晚饭也没有顾上。”他说了一个餐馆的名字，让我先去订一个单间。“我请客。”他说。他说的餐馆就是黑天鹅茶楼，离这儿不远，那里的夜宵是S城出了名的。

我满腹狐疑地走出地下室，驱车来到灯火辉映的黑天鹅茶楼，但是我的心里七上八下，琢磨不透程风的真实意图。他会不会耍花招，把我支开，然后一走了之呢？想到这里，我不禁后悔自己头脑过于简单，不该如此轻信这个可疑的家伙。继而，我马上又推翻了这个结论，因为不管怎么说，我和程风仅仅是一面之交，我手里并没有掌握他和章石山、杨翠翠之间有任何牵连的凭证，我对他来说是个无足轻重的角色，他用不着提防我、欺骗我，更不必对我耍什么花招。这样一想，我又转忧为喜，看来，程风是个老实人，他肯定有什么重要的情况要告诉我……

我坐也不是，站也不是，焦虑地在包间里来回踱步。这一个小时过得真慢，比一个世纪还要漫长啊……

程风很守时，一个小时后他果真来了，手里提着那只旧藤箱，我的判断不错，他像是要出远门的样子。

他进来二话没说，立即埋头大吃起来，像风卷残云一般，似乎很久没有吃过饭。我坐在他对面，只要了一杯啤酒，静候他的表白。下面，是他的谈话。

姬娜台风来的那天，风狂雨骤，倾盆大雨如同瀑布一样倾泻下来，我住的地下室地势低，下水道泄不完的雨水顺着阶梯往下灌。我见势不妙，挽起裤脚疏通地漏，又搬来几包沙袋，在过道筑起堤坝。忙了几个小时，宿舍总算没有进水。

看了看表，晚上10点多了，我还没有吃饭，用电炉煮了包方便面，独自坐在床上吃着。这时，房门被人推开了。

站在门口的是浑身水淋淋的章石山和杨翠翠，他们脱了雨衣，顺手放在过道的空木箱上。

一见是他们，我慌忙撂下碗，迎了上去。

“老程，你这里怎么样，还能住吗？今天的台风来势很猛，你要不要挪个安全的地方？”章石山这番话是真是假我不知道，但我心里顿时热乎乎的。

站在章石山身后的杨翠翠伶牙俐齿，很会说话：“程老，章所长是特意冒着大雨来看您的，您是个老同志，有什么困难尽管说，您可要注意身体，别老是吃方便面，瞎凑合……”

杨翠翠手里提着一只沉甸甸的密码箱，她将箱子放在脚旁的地上。

说了几句关于天气的闲话，章石山走进里间，指着地上的机器告诉杨翠翠：“小杨，这台机器就是老程花费毕生心血发明的时空转换机，别看它像个丑小鸭，很快就是万人瞩目的白天鹅了。这可是划时代的重大发明，所里准备申请国家发明奖。”说到此，他转过脸对我说，“老程，这回你可给我们所争了光，我们要给你请功嘉奖。”

他这样当面恭维，我有点脸皮发烧，但心里还是蛮高兴的。

杨翠翠上前看了看机器，突然问：“程老，您这机器真的能把人送到过去或者未来吗？有没有把握，会出危险吗？”

她这样讲，后来冷静一想，也许用的是激将法，但我这人生性好强，无意中正好中了她的圈套。

我急赤白脸地说：“自从章所长给我开了绿灯，解决了科研经费，研究的进度大大加快。我重新改进了时空转换机的内部结构，加大了它的功率，它的准确度和安全性都提高了一个数量级。”我还说，我亲自做过试验，现在可以有把握地将人送入选定的时空段，穿越时空障碍的精度一次比一次提高，误差不会超过5米。

杨翠翠笑道：“您别光知道章所长的支持，我们财务科的同志也出了不少力……”

“那是那是，没有领导支持，我这一辈子也是一事无成。”

我说的是心里话。

这时，章石山给杨翠翠悄悄地递了个眼色，杨翠翠说："章所长，既然程老说得那么神乎其神，咱们百闻不如一见，能不能让我们开开眼，到未来世界走一趟呀？"

章石山到底老辣，笑了笑，"这个嘛，我可没有发言权，得听老程的。"他转脸望着我，"老程，你看行吗？"

说老实话，我此时的心情是一百个不同意，因为我还打算修改几个参数，我的实验记录也需要进行整理，我正打算婉言拒绝，那个狡猾的杨翠翠在一旁却说："程老要是觉得没有把握，那就算了，我也只是说说而已。"

她这番话很有刺激性，我马上改变主意，心想我可不是天桥的把式——光说不练。在这节骨眼上，我如果打退堂鼓，那以后也没脸伸手向他们要科研经费了。

"没有问题，我们可以马上进行。"我痛快地说。

他们的欣喜不用我来形容，我这时也顾不上他们，连忙启动电路，调试各个控制揿钮，当我戴上耳机钻进机器的当儿，无意中听见他们的一番对话。他们说话的声音虽然很轻，然而灵敏的耳机却听得异常清晰。

"……这玩意儿真的保险吗？我好害怕。"杨翠翠说。

"绝对安全可靠。你记不记得，去年国庆节我们到武夷山开会，那天我们跟会议代表一起去大王峰，在登山的路上，突然看见他坐在山顶的一块大石头上。你当时一惊，没有想到在这儿遇见他，我开始以为你看花了眼，等到了山顶一看，果然是他，我还上前主动跟他打了招呼，问他是不是国庆节休假出来旅游，他支支吾吾也没有说出个所以然，后来我们就分手了……"

我听章石山在小声议论我，不由得竖起耳朵。

"我当然记得，还是我先发现的……"杨翠翠说。

“我后来回到所里，多方打听，国庆节放假这几天，他根本没有出去，看大门的刘大爷说，那几天下午，他天天跟刘大爷在传达室下围棋，一下就是大半天……”

“你是说他根本没有去过武夷山？也没有去过大王峰？”

“不，他去过。不过，他不是坐飞机坐火车去，而是坐这个玩意儿去的……”

“真的？！这可太神了。他干吗偏偏要去武夷山？”

“你小声点，别让他听见。你忘了，那些日子他不是闹着申请科研经费吗？我跟所里几个头头商量半天，大伙儿都不同意。他大概听到了风声，所以就来了这一招。他打听到我去武夷山开会了，就来个现身说法，让我亲眼见一见他的发明的威力。所以，我后来……”

“你这才给他批了科研经费……”

“当然，你看，到了关键时刻，不就用上了吗！”

“你真鬼，一直对我守口如瓶，我饶不了你……”

“别闹，都什么时候了……”

他们往下再说什么，我没有听见，因为这时屋里发出均匀的轰鸣声，显示灯开始一个一个地闪亮，机器的运行处于临界状态。

这里我要多说几句。这台时空转换机由两部分组成，一部分是主体机身，我这时坐在特制的座位上，操纵台上的3台电脑显示各种数据，这是时空转换的动力和调节各项指标的主机。另外，连接主机的输送管道在我的座位对面，它是安放发送对象的，有一把金属椅和一个脚垫，外面用玻璃罩扣住，这是时空转换的副机。

一切准备就绪。我摘下耳机问他俩：“你们打算到什么地方？另外，去什么年代？”我特别提醒，这台机器目前的性能只能是正负100年。

章石山似乎早有准备，他从上衣口袋掏出一张纸条递给我。

“地点就按这个经纬度，时间嘛，未来99年后吧，你看行不行？”章石山尽管控制着自己，但声音还是有点颤抖。

杨翠翠不由得拉着他的手，脸色苍白，激动又紧张。

我这时猛然意识到，这一男一女是早有预谋，来试验我的机器不过是找个借口而已。但是，我没有退路，只能是过河卒子一往直前了。

我什么话也没多说，接过章石山手里的纸条，那上面写着：北纬34度18分，西经60度30分。我不清楚这是什么地方，只是将数据输入电脑。过了片刻，电子地图检索出的画面在屏幕出现，这是一个风光旖旎的海岛，树木郁郁葱葱，洁白的沙滩浪花追逐，一幢幢造型典雅的别墅散布在海边的树林里。章石山和杨翠翠目不转睛地盯着画面，不由会心地一笑。

“对，就是这个地方！”章石山满意地说。

我接着将时间定在99年之后。

“行不行？”我问章石山。

章石山赞许地点了点头：“程老，一切就拜托你了，这件事务必请你保密，不要对任何人讲。”他第一次称我“程老”，还故作姿态地拍了拍我的肩膀。

“程老，我们一定重谢。”杨翠翠甜言蜜语地说。

“请赶快入座吧！”我将他们领到副机的座椅上，那里仅能挤下两个人。

他们坐定，杨翠翠伸手将沉甸甸的密码箱放到脚踏上。不料，这时发生了意外：红色信号灯闪亮起来，同时发出急促的鸣声。

“怎么回事？”章石山失声叫道。

我连忙解释，设计的载重量限于200千克——这是经过精确计算的最大值，现在看来大大超重。

“那怎么办？”杨翠翠脸色骤变，大惊小怪地叫了起来。

我没有搭腔，上前取下密码箱，鸣声戛然而止。

“没有别的问题，就是超重。”我笑道，“分两批走行不行？章所长先走一步，杨科长后走，反正前后只半小时……”

“不不不！”杨翠翠的手臂紧紧搂住章石山，另一只手抓住脚边的密码箱，“要走我们一块儿走……”

“老程，你想想办法嘛！”章石山皱着眉头，不耐烦地说。

这时，我留个心眼，嘴里应诺着，伺机在机器周围走动。“你们不要乱动，机器的载重量是有弹性的，我来试试。”我一边安抚他们，一边伸手握住了玻璃钢罩的启动阀……

当我瞅准杨翠翠的手刚刚松开了脚边密码箱的一瞬间，我立即按动启动阀，与此同时，我飞起一脚将密码箱踢到一边。

刹那间，他们被自动落下的玻璃钢罩罩在里面了。

“箱子——箱子——”杨翠翠声嘶力竭地喊了起来，章石山也大惊失色。

他们的喊声隔着罩子就像从遥远的天际传来，很快机器的轰鸣淹没了一切，我按下发射的揿钮，指示灯进入倒计时：

“10——9——8——7——6——5——4——3——2——1——0——”忽地，副机那边的玻璃罩散射出闪电般的紫色光雾，伴随一声霹雳般的轰响，他俩的身影扭曲变形，像幻影一样渐渐缩小，溶化在一缕蓝色的光雾里，最后像阳光下的水滴一样蒸发得不见踪影，而我也被巨大的冲击波击倒，眼前陷入一片黑暗……

我隐隐听见外面电闪雷鸣，风雨大作，一切罪恶的痕迹都被狂风暴雨掩盖了，谁也没有察觉他们选择的时机是多合适啊！这美妙的姬娜台风之夜……

程风一口气讲完荒诞离奇的故事，端起茶壶咕咚咕咚喝了几大口，然后双肘放在桌上，双手抱拳，那头发蓬松的头无力地靠在拳头上，显得很疲倦的样子。

我思索着他的话，觉得还有不少疑点，于是便不顾他是否乐意，仍然摆出我的想法。

“程老，你讲的这些经过，我当然是相信的。不过，有一点我还弄不明白，你当时根据什么断定章石山和杨翠翠有不轨行为？他们讲得很清楚，只是体验体验机器的性能，也许仅仅是出于好奇而已，你怎么就……”

我的话还未讲完，程风猛地抬起眼睛，示意我不必讲下去。

“你很精明，看问题马上抓住要害。不过，我并不是事后诸葛亮。那只装满巨款的密码箱虽然是最有说服力的罪证，但我当时并不知道里面有什么东西。我的怀疑在于，他们如果仅仅出于好奇，要试试机器的性能，那么他们不该出现一个致命的疏忽。我一直等待他们提出一个问题，这是任何人当时都会想到的。什么问题呢？那就是他们应该问我，去了未来世界以后怎么回到现在，谁都会事先弄清这个至关重要的细节，才会决定试验的。我的机器有这个装置，只要设定返回时间，到时就能安全返回。这一点章石山很清楚，我以前向他汇报过，可是，在那个台风之夜，我几次暗示，他们都不予理会，用别的话搪塞过去了。于是我明白了，结论很清楚，他们根本不打算回到现在，我也因此知道了他们的真实意图。”程风的回答头头是道。

说到这里，他从衣服兜里取出个牛皮纸信封，放在桌上，用手轻轻推向我这边。

“这是什么东西？”我拿起桌上的信封，将手指伸进去，里面是一把钥匙。

程风见我困惑不解，说："你既然过问此事，那就麻烦你帮个忙。"他说，"章石山和杨翠翠的那只密码箱，我已存放在市工商银行的保险柜里，这把钥匙是开保险柜的。请你把钥匙交给应该交的人。至于交给谁，我想你比我清楚……"程风的脸上第一次露出笑容，但他的目光是狡黠的。

我没有料到他对我如此信任，但不愿接手这个烫手的热山芋，我正欲推辞，他突然问："现在几点了？"

"差5分2点……"我瞟了一眼腕上的表，随口答道。

他忽地站起，快步奔向窗前，将窗户猛地推开，探出头向外眺望。

窗外灯火通明，辉映着五光十色的霓虹灯广告，澄明的夜空有几颗亮晶晶的星，空气中飘散着浓浓的栀子花香。

这家茶楼离自动化所不远，楼房参差的轮廓线凸现出自动化所耸峙的实验楼，那里仍然灯火通明。

蓦地，远远传来一声沉闷的轰响，像蒸汽锤重重落下的声音，茶楼的玻璃窗一阵瑟瑟颤动，有一股冲击波迎面扑来。

过了七八分钟，程风步履蹒跚地回到座椅，他神色黯然，布满皱纹的眼角淌着泪珠，他的精神支柱似乎突然崩溃了。

"程老，发生了什么事？"我隐约感到不安。

他长叹一声，攥紧的拳头重重地落在桌上。"……完了，全部结束了，我一生的努力付之东流。我真是糊涂，当初什么不好研究，偏偏要搞什么时空转换……现在好了，什么也没有了，天下太平，谁也甭想打我的主意，赤条条来赤条条去……再见吧，我的地下室，我的时空转换机，我的发明……"程风语无伦次，又像说疯话了。

忽地，他站了起来，挥动双臂，两眼睁得大大的，哧哧地笑了起来。他踉踉跄跄地绕着桌子，边走边自言自语说个不停。

他走到我身旁，一反常态地拍着我的肩膀说："你们这些记者真不是玩意儿，你们当中有人不是挖空心思炮制假新闻吗？我这里可有两条真新闻，你要不要？”

他用异样的目光盯着我，那是一种令人不寒而栗的目光。

我未置可否，只是勉强地点点下颏。

“好，第一条，今天凌晨2点，我用引爆装置把时空转换机报销了，它成了一堆废铁。你不相信？那好办，你明天去自动化所打听打听，我的发明，我的实验记录，所有的数据，都在浓烟中化为灰烬……”

我的心不由得震颤起来。这个“疯子”把他的发明整个儿毁了，那可是他一生的心血啊！

“那第二条呢？”我忙问。

“哈哈，你不愧是资深记者，有新闻的敏感性。第二条消息更加精彩，章石山和杨翠翠完了，人为财死鸟为食亡，千古不变的真理。你知道他们去了哪儿？我知道，美丽的百慕大群岛。他们可真会找地方，那里是世界上最漂亮的海岛、旅游胜地、世外桃源，他们可以用老百姓的血汗钱花天酒地、纸醉金迷，可是天理不容啊！他们机关算尽，没想到落得个人财两空，连小命也赔上了。”

“你在胡说什么……”我忍不住打断他。

“胡说，谁胡说？知道温室效应吗？知道极地冰川融化吗？知道厄尔尼诺吗？知道拉尼娜吗？”他站了起来，双眼暴突，脖颈的青筋毕露，抬高嗓门朝我嚷了起来——我还是头一次见他如此震怒，样子怪吓人的。我冷静地劝他坐下。“急什么？有话慢慢说嘛……”我说。

程风的眼睛眨了眨，又恢复了平静的目光。他说，这些日子，他从因特网上查询了有关百慕大群岛的资料，还在网上同几位世界著名的海洋学家进行了交谈，得到的回答几乎是众口一词：99年后，位于北大西洋西部的百慕大群岛，它的首府哈密尔顿，连同145个岛屿统统不复存在。

程风目光炯炯地说：“由于全球海平面上升，你知道99年后的百慕大群岛在什么地方吗？我告诉你，它比海平面还低10米，早已是一片汪洋。

你想，章石山和杨翠翠还能有比这更糟的下场吗？”

我愕然了，这疯子的话似乎无懈可击，但也很难令人相信。

也许是见我半信半疑的神色，程风突然诡秘地凑到我的耳边，悄悄地压低声音道：“你知道我昨天去哪儿了吗？”

我用手推开他，回敬道：“我怎么知道你搞什么名堂？”

“对，我知道你们所有的人都不会相信我的，包括你！所以我对谁也不提章石山、杨翠翠的去向……”他突然恼怒地说。

“你这人，我如果不相信你，我会深更半夜陪着你吗？有话你就说吧，你昨天到底去了哪儿？”我好言好语地哄着他。我知道这个疯子喜怒无常，一言不慎，他就会把嘴巴关得紧紧的。

“好吧，信不信由你，我索性把这个秘密告诉你，谁让我碰到了你这个讨厌鬼呢……”程风像是下定了决心，将他昨天的奇遇原原本本道来。

程风这些日子一直心绪不宁，他是个喜欢钻牛角尖的人——这是他的秉性，不论是推导一道数学公式，还是弄懂一条物理定律，如果没有找到满意的、令人信服的答案，他就像失魂落魄似的，不吃饭也不睡觉，整天都神经兮兮地苦思冥想。

现在，99年后的百慕大群岛到底是什么样子，成了他的一块心病。虽然他从因特网上查遍了各国的资料，不厌其烦地向本国的、外国的专家质询，和他们辩论，在电脑上模拟百慕大群岛百年演化的进程，得到的结论大体上是相同的，但是他的内心深处还是将信将疑。

他并不关心章石山、杨翠翠的命运，在他的脑海里，这两个微不足道的小丑几乎没有容纳的位置。他所关注的只是99年后百慕大群岛的命运，对他来说，这是一道非解开不可的数学难题，或者确切地说是他必须攻克的科研课题，他被这道难题迷住了。

这天后半夜，他躺在铺着破凉席的床上，两眼睁得大大的。他一直没有合眼，百慕大群岛的沙滩、别墅和翠绿的树林在他眼前晃动，突然，他敏捷地跳下床。

“笨蛋，我为什么不亲自去一趟呢？”他兴奋地喃喃自语。

他为自己蓦然冒出的新思路激动不已，既然守着时空转换机，何必问这问那，苦思冥想，去一趟百慕大群岛不就证实了科学的论断吗？

程风接下来的忙乎劲儿，似乎用不着多费笔墨也能猜出七八分。他风风火火地穿戴整齐，既然是第一次出国考察，不能像在国内那样马马虎虎。他翻箱倒柜找出一件压根儿没穿过几回的新西服，又找出领带和一双半新不旧的棕色意大利皮鞋，从衣服堆里挑出一件还算干净的格子衬衫。

当他打好领带，正想找个镜子瞧瞧自己的尊容时，他又丧气地把身上的衣服一件件剥下，扔在床上。

“我真是糊涂虫，99年后的百慕大，一片汪洋，我穿这一身给谁看……”他自言自语，一屁股坐在床沿。

这个想法提醒了程风，他的脑筋转得极快，接着他又慢条斯理地将床上的衣服重新套在身上，只不过他顺手将墙角的一把黑绸雨伞拿在手里，心想，如果遇上雨天，可别淋湿了这身衣服。

程风接着开动了时空转换机，刚才换装时冒出的念头是非常重要的，可以说是关系到实验的成败，因为他突然想到，无论如何，他不能前往99年后的百慕大，那是条死路，只会重蹈章石山、杨翠翠的覆辙。如果掉进汪洋大海，时空转换机也无法将他平安送回，也许可以送回一具淹死的尸体，这可不是闹着玩的。

于是，程风在启动时空转换机时，将时间系数定在52年后的一天，这是精确计算的数据，百慕大群岛开始下沉是55年以后的事，在这之前的任何时间，都是绝对安全的。

他不想在那个是非之地逗留太久，于是，他将返回的时间定在2小时后，他看了看表，如果不出现意外，天亮之前他将回到S城。

几分钟后，程风拎着雨伞上了机器，一切都很顺利，他按动制动阀，机座剧烈地颤动，一股蓝色的光雾将他全身包裹起来，他闭上眼睛，突然耳畔响起一阵嘶哑的吼声……

程风清醒过来，睁开眼睛，他不由得惊呆了。

他发现自己站在齐腰深的浑浊的水里，手里举着撑开的雨伞，哗哗的大雨从伞面流下来，在他的眼前形成白蒙蒙的瀑布。他起初不知道身置何处，忽然，一辆集装箱大卡车迎面开来，卡车的轮胎大半浸在水中，掀起一股大浪，差点将他推倒在地……

程风这时才弄明白自己站在一条马路中央，身前身后有一辆一辆小汽车，全都浸泡在水里，只有光滑的铁壳露出半截，仿佛是五颜六色的甲虫在水面一动不动。就在他痴呆呆地左顾右盼不知所措时，一艘轻便的绿色摩托艇飞也似的从身后开了过来，这是一艘警务艇，里面有两名雄赳赳的穿红色警服的女警察。

“公民，你站在这儿干什么？这儿很危险……”一个女警察冲他喊道。

程风急忙转过身来，伸手抓住摩托艇的船帮。“同志，这……这是什么地方？”他之所以这样问，是因为他分明听见女警察讲的是标准的国语，而不是英语。难道这儿不是百慕大的首府哈密尔顿或者群岛上别的什么城镇？他觉得好生奇怪。

不料，他的询问引起两名女警察一阵哄笑。

“同——志——，他叫我们‘同志’……”驾驶的女警察咯咯地笑个不停。

那个坐在一旁的女警察忍住笑声，板着面孔问：“喂，公民，你是哪儿来的？我看你这身打扮就好像从博物馆爬出来的。你上哪儿去？”

程风一听这话，不禁火冒三丈：“同志，你怎么这么说话，谁……谁是从博物馆里爬出来的……”

这时，两个女警察笑得前仰后合，驾艇的女警察对她的搭档说：“我看，这家伙八成是疯子……”

程风更是气不打一处来，“喂，民警同志，你们怎么也随随便便给别人取外号，我程疯子也不是好惹的，我找你们领导去！”程风扯起嗓子嚷道，以示抗议。

“你少啰唆，把身份证拿出来！”女警察收敛笑容，决定公事公办。

程风嘴里嘟嘟囔囔，但还是从西服的贴身口袋里掏出了身份证。

女警察劈手夺过程风的身份证，不禁脸色骤变。“上来，跟我们走一趟！”她不由分说地拽住程风的胳膊，将他拉进摩托艇。

“干什么？我一会儿还要回去——”程风嚷了起来。

“回去？没那么容易！”女警察转过脸示意她的搭档，“马上回局里，这回可好，抓到了一个重大犯罪嫌疑人。”

说罢，摩托艇响起急促的警笛，飞快地驰行在涨满洪水的大街小巷。

程风气急败坏地嚷道：“喂，你们不要冤枉好人，凭什么说我是重大犯罪嫌疑人……”

“有你说话的时候，你别忘了，你的身份证是假的，早已作废的……”女警察冷冷地说。

程风如同挨了一闷棍，顿时哑口无言。

他这时才恍然大悟，自己是从半个世纪以前的“过去”来的人。难怪衣着打扮、对人的称谓都被别人取笑，偏偏他又带着半个世纪以前的身份证，当然会引起女警察的怀疑。自己绝顶聪明，怎么没有想到这一层呢？

可是，所有这些都无法解释清楚，即使告诉她们真相，也没有人会相信他的。

想到这里，程风不禁眉头紧锁，心里乱作一团。

几分钟后，摩托艇开进一座大楼的院子，洪水漫上楼前的台阶，院子像一片小湖。他抬头看了看大楼廊柱上挂着的木头牌子，竟是S城警察局。

“哇，这里是S城，怎么搞的！”程风惊叫起来。女警察闻声转过脸，瞪了他一眼，“你嚷什么，大惊小怪，不是S城难道是美国纽约？”她挖苦道。

程风一脸的困惑和痛苦，声嘶力竭道：“可我不该来这儿的呀……”

他这句没头没脑的话惹怒了女警察。“你废什么话，你怎么就不该上这儿来，快走！”

摩托艇这时停在大楼门前，女警察推搡着程风，径直将他带上二楼。底层泡在齐腰深的水里，许多男女警察像红蚂蚁一样抬桌搬柜，向楼上转移。

到处乱糟糟的，电话声，手机声，你呼我叫。程风被女警察带进一个很大的房间，里面有一排排长椅。“坐在这儿别动！”女警察掏出雪亮的手铐将他锁在椅子上，然后就走开了。

程风这才注意打量这个房间，长椅上有七八个被手铐铐住的人犯，有的蓬头垢面，有的衣冠楚楚，多数人和他一样浑身湿透，像是刚从水里捞出来的。

所有的目光聚集在程风脸上，有人忍不住窃窃笑了起来。

程风转过身，竭力避开众人火灼灼的目光。忽然，他发现正对着他的视线的是一台挂在壁上的电视荧屏，一个女播音员正在播早间新闻。

“……本台消息，国家海洋局新闻发言人今天凌晨正式宣布，据我国海洋观测站实测的数据，由于受南极洲冰层融化的影响，全球海平面在过去一个月内普遍上升了10米，太平洋、大西洋海平面上升的速度最快，我国台湾省、海南省以及东南沿海一带，由于风暴潮的影响，许多地势较低的城市海水倒灌，交通中断，大量农田和工矿企业被淹，据专家预计，海平面上升的趋势近期将会继续发展，各地应及早做好防灾救灾的准备。

“本台刚刚收到的消息，美国东部时间昨天傍晚19点，纽约曼哈顿岛全部淹没在20米深的海水中，时速300英里（约483公里）的飓风卷着15米高的巨浪推倒了自由女神像和帝国大厦的楼房，有15万人失踪，美国总统已宣布宾夕法尼亚州、佛罗里达州、路易斯安那州、新罕布什尔州、弗吉尼亚州为重灾区，5万人的海上警卫队已开赴灾区。

“本台刚刚收到的消息，本台记者从东京发来的紧急报道，东京时间今天凌晨5点，日本东京以及横滨、名古屋、函馆、静冈、大阪、神户等沿海城市遭受历史上罕见的风暴潮袭击，海水冲破防浪堤涌入市区，东京的银座等繁华市区水深5米，日本首相官邸直辖救灾本部宣布全国处于紧急状态，日本自卫队处于一级战备，全力投入救灾行动……”

也许是电视播音员不同寻常的声音感染了所有的人，不仅房间里被铐住的犯人缄默不语，面面相觑，连那些穿红色制服的警察们也不知什么时候拥进房内，伫立一旁静静地聆听。神色悲戚的程风，活像一尊木雕泥塑的菩萨，怔怔地坐着一动不动。

电视里还在继续播报欧洲、非洲、大洋洲、美洲令人揪心的灾情。但是，程风已经不需要再看下去了，他此刻对于百慕大群岛99年后的沉没不再怀疑，看来，耳闻目睹的现实比科学家的预言还要严重得多，不仅全球变暖导致南极冰层的融化时间大大提前了，更叫他难以接受的是，全世界受灾的范围比估计的要大得多，连S城恐怕也难保住了。

他的脑子这时又钻进牛角尖，一个难以解释的问题像无数的蚂蚁啃噬他的心：为什么时空转换机将他送到52年后的S城，而没有飞往遥远的百慕大群岛？难道是机器临时出了故障？或者是电压不够，发射的功率突然变化导致出现时空误差？再有，那就是忙乱之中，他忘记输入百慕大群岛的经纬度数据……

他苦苦地思索着，眉头紧锁，忘记了身在何处，忘记了周围的一切。

忽然，房间里骚乱起来，站在那里看电视的警察们慌乱地朝外奔跑，过道里传来惊叫声和杂乱的脚步声，不知从哪里拉响的警报一声高过一声，令人毛骨悚然。房间里那七八个犯人更是声嘶力竭地拼命叫喊：“救命！快把我们放了！”原来他们和程风一样，都被手铐锁在椅子上不能脱身。

程风急欲站起，又重重地摔倒在椅上，手铐将他绊住，他也不能动弹了。

他看见，白花花的浪头正从房门、从窗户涌了进来，迅速将他的上身淹没。椅子漂在水面，那七八个犯人拼命地挣扎着，手忙脚乱地抓住忽沉忽浮的木椅，发出绝望的呼喊。

程风的身躯被急流冲到窗户旁边，他惊恐地挥动一只手臂，企图抓住前面的玻璃窗，忽然，那面墙壁像融化的冰山那样突然倒塌，朝他整个儿压了过来……

“完了，这回死定了……”程风闭上眼睛，闪过这个最后的念头，然后脑子里一片空白。

但是，他没有死，他又回到了自动化所的地下室。

原来，时空转换机锁定的返回系统启动，2个小时的时间已到，他安全地从未来世界回到了现在。

他全身大汗淋漓，庆幸自己死里逃生。

程风讲完他的故事，似乎如释重负。他用手重重地在我的肩膀拍了一下：“老弟，到此为止，我也该走了。”说罢，他拎起那只破藤箱朝门外走去。

“喂，程老，你这会儿上哪儿？”我追上去问道。

“再见，我上长途汽车站赶头一班车。我已经5年没有回家看望我的老娘了，我真是个混蛋。”

他头也不回地下了楼梯，脚步声渐渐消失了……

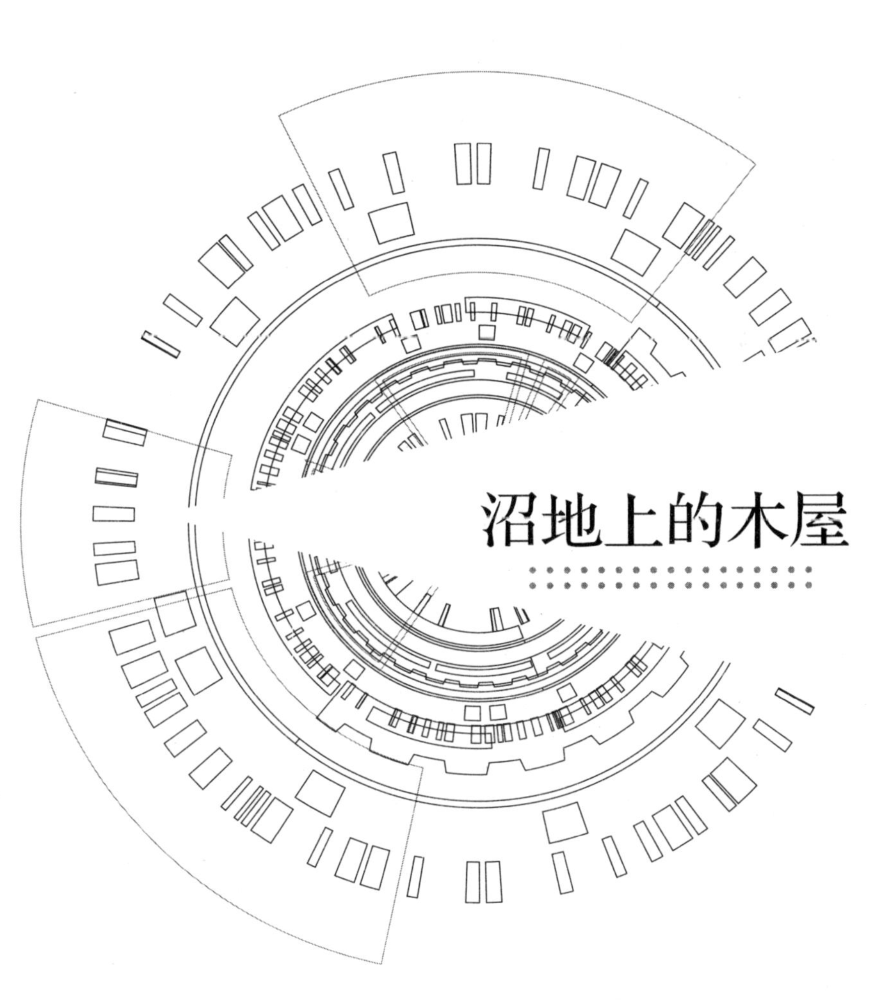

沼地上的木屋

一

梅志雄一动不动地伫立在落地大玻璃窗前，脸色阴沉地眺望着窗外一条热闹的大街，起码也有十来分钟了。他感到浑身燥热，心绪不宁。自从离开省公安学校分配到这个边境小城的公安局，一个多月的时间不知不觉地从身边溜跑了，可他，这个年轻的侦查员却连一件像样的案子也没有接过手。他的烦恼和满腹牢骚，如同一只逮不着耗子的猫，恨不能把什么东西都撕个粉碎。然而谁又能理解自己的心情呢？他只好懒洋洋地望着熙熙攘攘的街道，漫不经心地看着一个个陌生的面孔在眼前晃动……

这是初冬的一个傍晚，离下班时间大约只有十来分钟光景。天色已经黑了，暮霭笼罩在市区上空，大街两旁的路灯和商店橱窗的霓虹灯广告，纷纷闪亮起来，发射出五彩缤纷的光芒。也许是眼前的灯光提醒了他，梅志雄从窗外收回目光，转过身来自言自语，又像是对值班室里的另一个民警说道："唉，一天又白白过去了，真无聊……"

坐在办公桌前的是个中年的老侦查员，他正在饶有兴味地翻阅着传达室老头儿刚送来的晚报，当梅志雄走到离他不远的沙发坐下时，他抬起眼睛瞟他一眼，接着又埋头看报了。

"喂，老罗——"梅志雄仿佛被对方爱理不理的态度激怒了，提高声音挑逗地说，"咱们成天就待在这儿，你不觉得闷得慌吗？"

罗新民——那个中年的老侦查员，这一次放下手里的报纸，眯缝着眼睛打量着沙发上的年轻人，就像观察一只关在铁笼里的狮子。说心里话，他很喜欢这个新来的助手，他在梅志雄身上似乎看到了自己年轻时的影子。他记得自己刚参加工作那会儿也是有这么一股冲劲，恨不能抓住几个重大的案件露上一手，干出一番惊天动地的事业。但是毛病恰恰就出在这儿。在这个节骨眼上，不少人都往往不大注意平素基本功的训练，一个公安人员必须具备的基本素质的训练，这一点，他觉得很有必要提醒提醒他的助手。

“小梅，你是不是觉得没有案子可办，咱们就无事可干呢？”罗新民笑着问道，不待对方回答，他又说，“当然，我非常理解你的心情，不过你不要忘记，侦破案件就像科学家搞科学实验一样，他们的成果并不是偶然靠侥幸就能取得的，在取得成果之前，需要进行大量的资料积累，做许多琐琐碎碎的工作……”

“这个谁不知道？”梅志雄皱着眉头回敬了一句。

“不，你并不明白，如果你真的懂得这个道理，你就不会觉得无聊，就不会让时间白白度过。”罗新民的脸色变得严峻起来，“任何一个案件的产生，都不是孤立的，偶然的，都有它的社会根源和产生的背景，从这一点来说，我们需要随时随地掌握社会各方面的动态……”

说到这里，罗新民顺手从案头随便抽出一张报纸，那是半个月以前的《江城日报》，他的目光在报纸的第四版上扫了一眼：“你瞧，这个报‘屁股’上有一个启事就很有意思，我可以念给你听一听——”他望了望脸上流露出将信将疑的神情的梅志雄，清了清嗓子。

这个启事安排在报纸第四版的最下角，极不显眼，是用新五号铅字排印的。它的内容大致是这样：本市西郊的自然保护区招聘一名管理人员，条件是男性，年龄不限，具有中等以上文化程度（有气象学、动物学、植物学、土壤学等知识），本人热爱科学，具有献身科学事业的精神……启事的最后还说到工作待遇、报名期限和联系单位等。

梅志雄听罗新民一字一句地把招聘启事念完，眼睛睁得大大的，似乎从里面射出两个大问号。他实在猜不透报纸上这种司空见惯的招聘启事有什么新奇的地方。

“我不过随便举个例子，”罗新民像是猜出了对方的心思，说道，“首先，你对本市西郊的这个自然保护区熟悉吗？它是干什么用的，范围多大，在科学研究方面有什么价值？第二，你了解自然保护区管理人员的

职责是什么吗？为什么它现在要招聘管理人员……”

罗新民正待滔滔不绝地讲下去，突然，一阵急促的铃声粗暴地打断了他的话。梅志雄像是被火燎了似的，腾地从沙发上跳起来。

“有情况！”几乎是同时，他们俩脱口而出，梅志雄敏捷地奔向墙边的电子报警器，拧开了电视遥控的旋钮。

急促的铃声确实是从电子报警器中发出的，尖厉的、间隔很短的声音，对于他们来说委实太熟悉了，如同战士熟悉冲锋号似的。这是报警的信号，也许此刻在城内某个地方，正在发生一件骇人听闻的凶杀案，或者是一场严重的交通事故，总而言之，出事了……

他们来不及细想，全身的每根神经完全绷得紧紧的，刚才的一场没有结束的谈话完全抛到九霄云外去了。

电子报警器的荧光屏跳动了几下，很快出现模糊的影像。梅志雄迅速校准焦距，但是屏幕仍是模模糊糊的，看不大清报案人的面孔，甚至连对方所在的地方也无法分辨。

罗新民不慌不忙地调节音量的揿钮，就在这时，一个嘶哑的声音清晰地传来。

“喂，公安局吗？这里发现一具尸体……”报案人是个上了年纪的男人，不知是寒冷还是心情过分紧张，他的声音有些颤抖。

梅志雄立即向对方做了肯定的答复，急忙问道：“你在什么地方？哪一条街，具体地点……”

“不，对不起，我不知道……”对方惶惑地答道，“这儿很荒凉，也没有路灯，我……我是第一次到这个地方来的……”

梅志雄皱着眉头，用探询的目光望着罗新民。

“喂，把灯打开，你附近有灯没有？”罗新民朝传声器说。

这句话提醒了对方，只见荧光屏霍地一亮，清晰地映出了报案人满脸油污的面孔。他约莫五十岁出头，一双圆睁的眼睛流露出惊骇的神情，他不时向旁边的玻璃窗外张望，好像那里有什么东西使得他提心吊胆似的。

罗新民和梅志雄对视一眼，他们明白了，报案人原来是一个汽车司机，他是在驾驶室用无线电报话器向这里报案的。

罗新民用平静的声调说道："你不要紧张，请你把行车的路线和具体时间告诉我们。"

"是，是，我是今天清早八点三十五分离开五里沟的。对了，我忘记告诉你们，我是红星电子仪器设备公司的司机，公司让我把一批计算机送到江城生物研究所。我是头一回到江城来，路不太熟，不过总算顺利，我在中午赶到东沙沟，在那儿的饭店吃过中饭，打听好去江城的路线，又继续赶路了。"

"后来你的车抛了锚，耽误了不少时间吧？"罗新民插了一句。

"同志，你怎么知道？"荧光屏里的司机一怔，惊讶地问道。

罗新民微微一笑："你接着往下讲吧！"

"是，是，同志，你说得一点儿不错，出了东沙沟没多久，我就倒了大霉，一只轮胎放了炮，油门也出了毛病，我折腾了足有两个钟点，等我重新上路，西北风夹着小雪花越下越大，天也快黑下来了……"

罗新民一面听对方叙述，一面瞥了一眼墙上的电子钟，指针指着五点五十分。

"喂，你刚才过了一座桥没有？"罗新民打断司机问道。

"是，是，我过了桥刚刚拐弯，就发现前面不远的路上躺着个人，好家伙，要不是我手疾眼快，来了个急刹车，差点从他身上碾过去，真够悬的，要是那样，我就是跳进黄河也洗不清了……"

罗新民听到这儿，不待对方说完，便用命令式的口吻告诉对方："好吧，我们马上就到，请你保护现场！"

接着，他关上报警器，抓起电话通知车库准备汽车。撂下话筒，他拉开保险柜，取出两柄小型激光手枪，递了一只给仍在一旁发愣的梅志雄。

"出发！"罗新民一面迅速穿上大衣，一面命令梅志雄。

梅志雄机械地把手枪放进大衣兜里，紧跟在罗新民身后，迅速冲出了办公室……当他把住方向盘，踩着油门时，他仍然困惑不解。"去哪儿？"他回头向罗新民问道。

罗新民没有料到，他的助手居然到目前为止还没有弄清报案的地点。他狠狠瞪了梅志雄一眼，从牙缝里挤出几个字——

“五号公路桥！”

“什么！就在自然保护区？”梅志雄惊叫起来。

罗新民默默地点点头，什么也没有说，他的脸色像夜幕笼罩的天空，异常阴沉可怕。

天色愈来愈暗了……

二

一辆黑色的BK-37型新式警车发出尖厉刺耳的怪叫声，在拥挤不堪的大街上急驶。

此刻，正是一天最热闹的时候。人们刚刚下班，川流不息的小汽车、摩托车和大汽车，一个挨着一个，排成一条首尾难顾的长龙，在灯火辉煌的大街上蠕动，好似一条繁忙的河流。梅志雄好不容易从拥挤的车队中杀出一条路来。他的贴身背心也同时发潮了。

“真糟糕，偏偏赶在这时候……”梅志雄看见眼前出现一条寂静的郊区公路，松了口气。他掏出手帕抹抹额头和颈脖周围，嘟哝着说。

罗新民没有吱声，眯缝着眼睛凝视窗外。他时不时地瞥一眼座前的时钟，偶尔向梅志雄提醒几句。

“老罗，我顶纳闷，在科学技术如此发达的今天，我们这个城市的郊区怎么还有这样荒凉的地方，简直就和地球诞生时的洪荒时代没有什么两样……”梅志雄是个不耐寂寞的人，他首先打破了沉默。

“你是说前面的自然保护区？”罗新民的脑子里正在思考别的事情，发觉梅志雄是和自己说话，便转过头来问道。

梅志雄又重复了一遍。

“唔，这件事说起来话就长了。”罗新民用缓慢的语调说道，“我查过科技馆保存的档案，据记载，这还是我们这个城市刚刚诞生的那一年，当时正在进行城市规划，有一批科学家向政府提出一项建议（这份建议书现在还完好地保存着）。他们认为，随着改造自然的工程大规模地展开，自然界的原始面貌已经愈来愈遭到破坏，就像许多濒于灭绝的稀有动植物品种一样，迟早有一天要从地球上消失。我们这个城市西部，有一块世界上罕见的温带地区的草甸和沼泽，虽然面积并不大，但是里面的动植物种属和生态类型在相同纬度地区却是绝无仅有的，所以他们建议，把这个地区作为自然保护区保留下来。”罗新民顿了一下，又说，“大概从那时起，这块沼泽就和四川王朗自然保护区、广东鼎湖山自然保护区、吉林长白山自然保护区、福建武夷山自然保护区一样，受到国家的保护了。”

梅志雄听罗新民说完，好久没有开口，他望着公路两旁不时闪过的里程灯光标记，仿佛领悟到什么似的。

“你怎么不说话了？”这回首先打破沉默的是罗新民。

“唔，我想起刚才我们在办公室被打断的谈话。我在琢磨，你是根据什么判断报案的地点是在五号公路桥的；还有，你怎么知道那个报案的司机中途抛了锚？说真的，当时不用说那个司机大吃一惊，连我都以为你在瞎蒙呢……”

罗新民瞅了一眼神情严肃的助手，好容易才忍住没有笑出声来。

“其实这并没有什么，”罗新民轻描淡写地答道，“问题是你首先要非常熟悉本市和附近地区的地图，每条公路，每座桥梁，甚至连一条寂静的小巷都要了若指掌。既然我们知道司机是从五里沟出发的，中途在东沙沟歇息，那很显然，他到江城的路线就明白无误地告诉我们，他只能走五号公路，因为这是最短的路线，这是第一。第二，他是早上八点三十五分出发的，为什么天黑之前没有到达江城呢？是什么事情把他耽搁了呢？我从屏幕上发现，他疲惫不堪，脸上和衣服上都有许多油污，作为一个司机，除了抛锚还能有什么解释呢？第三，他告诉我们，他在路上足足耽误了两个小时。我想，修好车后，他见天色不早，一定会开足马力拼命赶

路，因为他是第一次来江城，从心理上分析，他一定很希望在天黑之前赶到这个陌生的地方，根据时间和车速估算一下，我猜想他很可能已经接近五号公路桥……”说到这里，罗新民补充了一句，“这最后一点猜测，倒是有点瞎蒙的味道。”

梅志雄还待询问，就在这时，罗新民向他做了个手势，阻止他继续说话。

在他们前面一百来米远的公路上，两道雪亮的灯柱像黑暗中野兽的两只大眼睛，一动不动直瞪瞪地射来。罗新民轻轻地说了声“到了”，BK−37型警车立即放慢了速度。

几乎同时，从对面的卡车驾驶室里跳出了报案的司机。他斜穿公路，迎上前来，同走出警车的罗新民和梅志雄握了握手。

“在什么地方？”罗新民劈头问道。

卡车司机用手指了指公路右侧，那里有一团黑乎乎的东西。

“我没有动，在这段时间，没有一辆车子经过……”卡车司机尾随在他俩后面，喃喃地解释道。

罗新民缄默不语，大步流星地朝公路右侧走去。

这时，天色完全黑下来了。公路两旁荒无人烟的沼地升腾起灰蒙蒙的浓烟般的冷雾，使人无从窥视到它到底有多深多远。四周静极了，静得像座坟地，偶尔掠过一阵阴森森的旋风，沼地深处即刻发出窸窸窣窣的怪声，像是鬼哭狼嚎似的。不过当你侧耳聆听时，一切又归于沉寂了。

梅志雄抢先几步，上前用红外摄影机拍下现场。接着他拧开强光源的太阳能电筒，一道银白色的光柱扫开了夜色，把仰卧地上的死者照得清清楚楚。

罗新民屈下一条腿，对死者的全身做了仔细检查。他像猎狗似的伏下身子，对着死者的鼻孔和嘴巴嗅了很久。过了片刻，他又把手伸进死者所有的口袋，里里外外翻了个遍。这样过了足足有十几分钟，或者还要更久一些，罗新民站了起来，用手帕揩了揩手，托着下巴颏沉思起来。

死者是个约莫五十岁的男人，他身长一米六五光景，体型矮胖，头顶微秃，衣着的质料和样式都很考究。他的右耳斜挂着副玳瑁框的金丝眼镜，一顶名贵的水獭皮帽滚落在离他的右手大约两米远的地上，大概是猝然扑地时掉下的。他的右腕上戴了一只极为昂贵的火星Ⅲ型原子表。罗新民知道，这是最新的瑞士名牌表，几乎和一辆本斯-42型小轿车的价值不相上下。除此之外，从死者身上搜出的东西并不多，除了一包香烟、一只打火机，再就是一张揉皱的报纸。

奇怪的是，死者的身上并没有留下丝毫枪击或者殴打的痕迹。很显然，从他身上保留的衣物来看，完全排除了拦路抢劫的可能性。会不会是猝死呢？因为像这样身体虚胖的人，如果心脏病发作或者脑血管破裂，也会突然昏倒的。在这样荒凉的郊外，即使不是致命的死因，也会因为得不到及时抢救而造成死亡……

罗新民一动不动地托腮沉思，脑海里翻来覆去地做出种种推测。但是当他的目光掠过死者的面部时，他又全盘推翻了刚才设想的种种揣测。

“你瞧，他的脸色多难看！”梅志雄喊道，他也发现这个人临死前留下的表情有些异常。

这是一张受到极度惊吓的面孔。死者两眼暴突，仿佛随时会挣脱眼眶跳出似的，流露出恐怖的神色；他的那张本来就不太美观的咧开的大嘴，歪向一边，好像喉管仍在发出惊呼的余音。脸颊的肌肉抽搐，面容完全变形，使人感到狰狞可怕。罗新民的目光在这副令人作呕的尊容上停留了几秒钟，便扭过脸吩咐梅志雄把车子开过来，决定把尸体运回去再说。从死者面部的表情来看，他隐约感到案情并不如想象的那样简单。

在两个民警手忙脚乱的当儿，那个卡车司机心情紧张到了极点，几乎连大气也不敢出。他几次想开口问问，他可不可以离开，但是见他们全神贯注，话到嘴边又连忙缩了回去。

罗新民这时才腾出工夫和这个上了年纪的老司机谈话。他检查了对方的执照，再次盘问了行车的经过，当他确信对方仅仅是偶然路过，并没有其他嫌疑时，便告诉他已经没有事了。

“真的？同志，我可以走了？”民警的干脆利落的作风，大大出乎老司机的意料。

罗新民上前拍了拍对方的肩膀，和和气气地说："老李（他已经记下了车号、司机的姓名和工作单位），谢谢您及时报案。不过，这件事可别对任何人声张，懂吗？"

"是的，是的。"老司机忙不迭地点头，他已经高兴得不知说什么才好。顷刻之间，那辆笨重的大卡车离开了现场，在黑暗中消失了。

这时候，梅志雄走到警车旁边，先把摄影机放进驾驶室的座上，接着绕到警车屁股后面，用钥匙打开后面的车门——那是一个和驾驶室隔开的空间，他打算在这里安置那具尸体。可是，当他的手刚刚把车门拉开一条窄缝，就在这时，蓦地，一个黑影从车中迎面蹿了出来。梅志雄的思想上毫无防备，他吃了一惊，右手闪电似的掏出了大衣兜里的激光手枪，另一只手朝那个黑乎乎的东西猛地抓去。说时迟，那时快，那个黑影急忙闪开，一眨眼工夫，却从他的胯下钻过去了……

梅志雄"砰"的一声关上车门，急忙端起手枪。可是等他看清了前面是个四条腿的怪物时，他却转怒为喜，高兴地叫了一声："黑旋风——"

黑旋风是只训练有素的爱尔兰纯种警犬，身躯高大，四腿细长，浑身黑油油的，找不出一根杂毛。它的奔跑速度尤其惊人，在一次追捕越狱逃跑的罪犯时，它居然和奔驰的汽车竞赛了两个小时，终于把企图越狱的罪犯擒拿归案……

罗新民见到黑旋风飞奔而来，也喜出望外。他不大清楚这只机灵的警犬是如何随车而来的。他是个不大喜欢随便使用警犬的侦查员，但是黑旋风从小和他朝夕相处，感情太深，每逢罗新民出外执行任务忘记带它，或者故意把它留在家里，黑旋风总能想方设法尾随而来。这一次，大概也是这样。

罗新民对黑旋风的到来十分高兴。他甚至后悔自己事先没有把它带来，因为眼下十分需要它。也许是为了弥补自己的疏忽，罗新民就远远地亲热地唤了几声。

"快，伙伴，靠你大显身手了。"罗新民连声唤道，仿佛黑旋风真能懂他的话似的。

黑旋风听见主人熟悉的声音，四爪腾空地向前奔去。可是，说也奇怪，当它快要接近那具僵卧在公路上的尸体时，这匹素来以勇敢著称的警犬仿佛遇到了强敌，突然变得胆怯起来。罗新民很快发觉这种罕见的异常情况，他迎面走来，在黑旋风的身旁停下。这时，警犬突然蹲伏下来，竖起耳朵，两只闪着绿光的眼睛不安地注视着前方，嘴里发出“呼噜、呼噜”的响声。罗新民纳闷地顺着警犬的目光望去，前面除了那具僵死的尸体，并没有任何东西。

“也许警犬敏锐的嗅觉发现了什么特殊的气味？”罗新民的脑子里迅速转过这个念头。

这时，梅志雄把警车开了过来，车灯发出的银白色灯光照亮了路旁的林荫树和一堆枯黄的草丛。罗新民挥挥手，示意车子停下，正待上前把突然出现的情况告诉梅志雄。就在这一刹那间，黑旋风狂吠一声，像是发现敌情似的一跃而起，飞也似的猛扑过去……

罗新民一怔，来不及和梅志雄多说，拔出激光手枪，转身尾随着黑旋风飞奔而去。

黑旋风的动作快得惊人，它从那具尸体上一跃而过，斜穿公路，一头钻进路旁一株大树下的灌木丛里。那是一丛叶片脱光的紫穗槐，周围长满尺把高的枯黄的针茅。黑旋风的两条前腿在草丛里迅速刨动，当罗新民赶到时，警犬的嘴里叼上了一件东西。

罗新民即刻用太阳能电筒照着，原来黑旋风在草丛里找到了一只老式的皮包，是用名贵的鳄鱼皮制作的。他打开皮包照了照，奇怪，里面却空无一物。

“这是谁的皮包？为什么里面是空的？是不是有人把里面的东西取走了？这个皮包和公路上的尸体有没有关联？”一连串问题立即涌上罗新民的脑子。

不管怎样，这个皮包是个相当重要的线索。

罗新民挽起黑旋风脖子上的铁链，电筒的白光向四处照射着。也许，草丛里还有其他的东西。他这样猜想。

但是，黑旋风却不听从主人指挥，它此刻显得烦躁不安，当罗新民费劲地拽住它时，这只警犬像是要挣脱铁链似的，不安地狂跳起来，不断发出示威性的吠声。罗新民愈加感到事情的离奇，他隐隐约约觉得在他的附近，也许就在黑暗笼罩下的沼地，潜伏着某种危险。想到这里，他连忙回头，想和梅志雄说点什么，就在这时，黑旋风早已按捺不住它的愤怒，猛地挣脱了铁链，一阵风似的朝沼地奔驰而去。

罗新民没有防备，一个趔趄差点摔倒在地上。这时，他顾不上和梅志雄多说，连忙朝警犬奔去的方向，撒开两腿紧紧追上……

事情的进展发生得太迅速、太突然了。公路上立刻只剩下梅志雄孤零零的一个人了。他刚把那具尸体搬进车内，就发现罗新民连影子也看不见了。

"好小子，说不定还得真刀真枪地干它一场！"梅志雄开足马力，沿着公路向前驰去。

渴望战斗的激情使他忘记了一切……

三

警车开出没有多远，在五号公路桥上停住了。这是一座钢筋混凝土单拱桥，桥下是条不知名的小河，黑暗中可以听见汩汩的水声，却看不清河道的宽窄。梅志雄不敢走得太远，他要随时随地和罗新民保持联络。

他打开座前的无线电报话机，蜂鸣器嗡嗡叫了一阵，即刻传来罗新民呼哧呼哧的喘息声——他知道，这是放在罗新民胸前口袋里的微型报话机传出的。这声音在寂静的旷野里显得异常清晰，就像从身旁的座位上发出似的。虽然他无法看到罗新民在沼地中奔跑的实况，但是完全可以想象出来，也许就在桥下不远，在浓雾弥漫的沼地里，老罗正在不顾一切地飞奔前进。他从黑旋风兴奋的狺狺声中——这声音忽高忽低，忽远忽近——愈加意识到那渴望已久的战斗也许一触即发了。

梅志雄全身的血液仿佛一下子凝固起来，太阳穴的青筋也暴起老粗老粗，虽然他坐在驾驶室里一步未动，但是他就像跑了几十里路似的大汗淋漓，直喘粗气。他这时的心情，就像初次上阵的战士，兴冲冲地赶到前线，却发现部队早已开拔了一样，后悔，懊恼，简直说不上是什么滋味。蜂鸣器中传出的沉重的喘息声、“嚓嚓”的脚步声，混杂着黑旋风的吠声，此刻如同“砰砰”的战鼓敲击他的心头。他恨不得掉转车头，向那暗沉沉的沼地冲去。但是，当这个念头刚刚闪现时，他紧攥着拳头狠狠地砸了一下方向盘。他只得无可奈何地叹了口气……

“倒霉透了！多难得的机会，可我却像个傻子坐在这儿……”梅志雄愈想愈气恼，不由得咒骂起来。他从没有感到过这样窝囊，当他想起这一切都是由于那具尸体误了大事，又转而把满腹牢骚迁怒到那个死者身上了。

这时候，公路附近的浓雾渐渐被一阵大风吹散了。雾散天开，遥远的天边好像出现了一片灯光，映亮了灰暗的天际，而且这发光的区域仍在逐渐扩大，亮度也愈来愈强，一刹那间，原先完全被黑暗吞噬的物体，像暗房里冲洗的照片，渐渐变得清晰起来。

原来，一弯新月升起来了。

梅志雄的注意力被这突如其来的景色吸引住了。

月光照耀下的沼地，在他的眼里变得像神话中的仙境似的，缥缥缈缈，美丽动人。他好像头一次见到这样奇妙的景致，不由得左顾右盼，贪婪地观察着四周的景物。就在这时，报话机蓦地传出一个惊人的叫声：

“脚印！”

声音是罗新民喊出的，但在梅志雄的耳朵听来，这叫声比冲锋号还要响亮几百倍。他几乎连自己也记不清是怎样一下子弹出驾驶室，又是如何跳下桥基旁的陡岸的，他几乎是不假思索地跳出警车，被一种无法驾驭的力量吸引到沼地中去的。他的双脚刚刚落在像铁板一般结实的河岸，没等脚跟站稳，他就撒开双腿飞也似的奔向前面不远的芦苇丛。他的眼力很好，罗新民就在那里。

几分钟后，气喘吁吁的梅志雄已经站在罗新民的身旁。这是河边一块狭长的河漫滩，松软的沙地上稀稀落落长了几丛枯萎的水草，当梅志雄拨开横在面前的枯草，兴冲冲地赶来时，罗新民似乎什么也未察觉，仍然俯身观察着脚下的沙地。

“老罗，有什么情况？”梅志雄急促地问。

罗新民的身体稍稍动弹了一下，他的眼睛仍旧望着地下，好像没有听见似的。梅志雄见他全神贯注，便没趣地闭上嘴巴，悄声地绕到他的背后。

果然，沙地上留下了一个很大的脚印。苍白的月光下，可以清晰地判断脚印是朝着前面不远的小河走去的，但是脚印在沙地上仅仅留下一个浅浅的凹坑，便消失得无影无踪了。显然，凶手——如果这确是凶手脚印的话——早已涉水过河，逃到对岸黑黝黝的沼地里去了。

罗新民的脑子里就是这样盘算的，这一点连初出茅庐的梅志雄也很快得出了相似的判断，黑旋风这时也茫然若失地踟蹰在河床的边沿，它显然失去了线索，呆呆地望着黑浪跳动的河水，不知如何是好……

看来，我们白辛苦了一场。梅志雄看着罗新民无精打采的脸色，心里暗自想道。但是他仍然摸不透罗新民为何一动不动地蹲在地上，像个木头菩萨似的。

“老罗，怎么回事，你干吗不说话？”他实在憋不住了。

“摄影机……”罗新民侧过脸，把左手伸了过来。

一丝苦笑掠过梅志雄的脸上，他难为情地耸耸肩膀，做了一个无可奈何的动作。匆忙中他什么也没有带，摄影机还放在车子里。

但是，他没有料到，他的这个小小的过失却招来罗新民的勃然大怒。只见罗新民像被蝎子蜇了般从地上跳了起来，一反常态地满脸涨得通红，手指头几乎戳着梅志雄的鼻尖，气急败坏地指责道：

“你……你为什么不……不锁上车……”

在梅志雄的印象里，罗新民这样大发雷霆还是第一次，他连说话的声调都变了。

梅志雄一时像丈二金刚——摸不着头脑，他弄不清罗新民为何突然大发脾气，并且追问起汽车锁没锁的问题。

他一时竟无言对答了。

但是，他很快发现罗新民不是无缘无故大发脾气。因为罗新民话音未了，立即把右手伸进大衣里面，好像是找什么似的。也许是因为心情过分焦急，他的动作突然变得迟钝起来，罗新民恼怒地使劲一拽，只听见“刺啦”一声，大衣的一块绸里子连同一个盒子大小的微型报话机同时被拽了出来。

一看到这个情景，梅志雄恍然大悟，顿时脸色煞白。他分明听见，从那只微型报话机里发出了异样的声响。

几乎用不着怀疑，那是汽车发动机的声音。

罗新民已经顾不上对他的助手多加责备，他望着满脸窘色的梅志雄，气恼地搓了搓手。

“你……你还站着干什么，还不赶快追！”他跺着脚吼了起来。

可是这已经晚了。他慌不择路地向五号公路桥飞奔而去，还没有跑出一百米远，停在桥头的那辆BK-37型警车就像被魔鬼操纵了似的，在他们眼前一闪而过。他们还没有辨出警车的去向，一切又归于沉寂了。

这一切意想不到的情况，前后只不过几分钟，他们像挨了重重一棒，顿时呆住了。

在荒凉冷寂的桥头上，现在只剩下两个垂头丧气的民警，再加上一头和它的主人一样无精打采的警犬了。

谁都没有心思开口，连黑旋风也像打了败仗的将军，失去了平日耀武扬威的神气，蜷缩在阴暗的桥栏杆下边。

在这三者之中，梅志雄更是羞愧难容。他哭丧着脸，拼命地咬着嘴唇，好容易才忍住眼眶里翻滚的泪珠。

罗新民斜倚着冰凉的水泥栏杆，手里拨弄着那架沉默的报话机。刚才一阵没头没脑的追赶，不知在哪里把这架娇嫩的玩意儿撞坏了，罗新民鼓捣了半天，使出全副电子学知识也无济于事，看来，这架报话机今天是彻底休息了。

沉默，使人难耐的沉默，足足持续了五分钟之久。

“哈哈……哈哈哈……”突然，罗新民爆发出一阵狂笑，也许是看见梅志雄拉长的面孔，或者是想起他们目前狼狈的困境，再不然就是他的脑子中突然又冒出一个新的花招，他不可抑制地放声大笑起来。

梅志雄转过身来，莫名其妙地望着他的同伴说：“你疯了？到了这般田地，哭都没有眼泪，你还有心思笑……”

“怎么，泄气了？”罗新民收住笑声，友好地拍拍对方的肩膀。

梅志雄心绪烦躁地推开他的手，抬起眼睛，声音哽咽地说：“今天的事全怨我不好，我……”

罗新民用手捂住他的嘴，不让他说下去。

“谁也别埋怨，事情往往是出乎意料的，谁也无法预料。”罗新民安慰道，接着又说，“现在我们好好研究一下，下一步怎么办？”他的语气非常诚恳。

俗话说得好：话是开心斧。罗新民几句话使梅志雄的烦恼顿时化为乌有，精神也为之一振。他们俩首先检查了随身携带的全部家当，很可怜，除了黑旋风以外，他们加起来只有两支激光手枪，一台坏了的报话机，一柄匕首，一支太阳能电筒，一盒松江牌香烟，一只打火机，除此之外，只有身上穿的衣服了。

“唔，还有一件东西！”罗新民猛然想起，从大衣兜里抽出一只折叠起来的皮包，还有从死者身上搜出的一张揉皱的报纸、一盒纸烟和一只打火机。

“对了，这是刚才拣到的，很可能是那个家伙的皮包。”罗新民把鳄鱼皮包和几件东西递给梅志雄，并把发现的经过告诉了他。

梅志雄把皮包倒过来，抖了抖，接着又好奇地把那张揉皱的报纸摊开，借着淡淡的月光仔细辨认着。

罗新民点起一支烟，漫不经心地探头朝报纸扫了一眼，蓦地，他的眼睛一亮，顺手把抽了几口的香烟扔进河里。

“你瞧，这是半个月以前的《江城日报》！”罗新民把报纸凑近眼前，兴奋地说。

他的目光从一版扫到四版，最后停滞在第四版的右下角，那里有一块豆腐干大小的地方，登载了自然保护区的招聘启事。这和他在办公室里看到的报纸恰巧是同一天的。“奇怪，用红铅笔把它圈了起来！”罗新民指点着对梅志雄说。

梅志雄眨眨眼睛，困惑地望着对方，等待罗新民继续讲下去。

罗新民却没有回答，他习惯地托起下颏，眯缝着眼睛凝神沉思起来。

这难道是巧合吗？时间、地点完全一致。死者为什么对这则招聘启事如此感兴趣？他独自一人跑到如此荒凉的自然保护区来干什么？是什么人抢走了警车？为什么要把尸体劫走？是消灭罪证，还是另有企图？还有，河滩上的大脚印，是谁留下的……

罗新民默默地思索着这些问题，他无法回答，也理不出一点儿头绪。

过了一会儿，他突然把报纸折好，重新放进大衣口袋里。

“走，到那边去！”他指着月光下一片浑浑茫茫的沼地，用不容商量的口气说。

四

罗新民和梅志雄带着那条忠实的警犬，在沼地上跌跌撞撞瞎转了老半天，终于迷路了。

“糟糕，又起雾了。”罗新民吃力地搀扶着脚脖子扭伤的梅志雄，抬头看了看被浓雾遮住的铅灰色的夜空，心里不禁一惊。梅志雄这时候连张嘴的气力都没有了。刚才他一不留神，陷进了深不见底的泥潭，还算万幸，罗新民眼疾手快，一手抓住了一把结实的马蔺草，另一只手拽着他的胳膊，拼出全身气力，总算把他救出险境。可是梅志雄的右脚却不知怎的扭伤了，浑身上下全是稀烂的泥浆，冷风一吹，冻成硬邦邦的铠甲似的。

这会儿脚又痛得难忍，火辣辣地直钻心，八成已经肿起老高了。

“都是你的馊主意，这不是自找麻烦嘛！”梅志雄一屁股坐在一块突起的草墩子上，轻轻地搓揉那条受伤的腿，没好气地抱怨道。

罗新民没有搭腔，他的脸色疲惫不堪，冰冷的汗珠沿着额角流进他的脖子，他似乎也未觉察。

他习惯地眯缝着眼睛，手搭眉突四下张望，虽然他的视力极佳，但是像航行在大雾弥漫的海洋中的船只，此刻他不仅无法辨别东南西北，甚至连十步远以外的景物也看不大清了。

月亮隐没了，浓烟般的大雾在他们的身体周围愈聚愈浓。

“不行，我们不能在这儿停留，得赶快往前走……”罗新民仿佛意识到危险似的，不由分说地拽着梅志雄。

“噢，上哪儿去嘛！”梅志雄无可奈何地挣扎而起。

“咱们得找个地方过夜，这一晚上总不能在露天底下待着，否则会冻死的！”

“真是异想天开，这个鬼地方哪里有过夜的地方……”梅志雄嘴里仍然嘟囔着。

他们继续默默地向前走去，天知道是朝什么方向走的。他们像无头苍蝇那样地乱撞，走了十来分钟，或者更长一些时间，走在前面的黑旋风突然狺狺地吠叫起来。

他们俩的头发顿时都竖立起来，紧张到了极点的心几乎跳出了喉咙。因为这声音在静谧的旷野里显得叫人恐怖，就像独自在深山旅行的人，突然听见一声足以使人丧魂失魄的虎啸一样。

梅志雄一怔，但他接着又惊叫起来。

“瞧，灯光！”他指着前面模模糊糊的远方大声喊道。突如其来的兴奋使他说话的声调都变了。

罗新民踮起脚，顺着他手指的方向望去，隐隐约约地看见前方有一线亮光，像萤火虫似的跳动，忽闪忽闪。

“奇怪，难道这儿还有人家？”梅志雄忽然多了个心眼，疑惑地喃喃自语。

罗新民的心里当然十分明白，这块方圆几十里的沼地，在暴雨成灾的夏季是一片水汪汪的泥潭，除了那些在草窝里栖息的水鸟，人畜没有敢于贸然涉足的。只有在冬季，大地封冻、水流干涸的时候，这儿才可以出入。只不过由于政府明文规定，自然保护区禁止狩猎，这里很少有人问津，当然，罗新民从一开始决定深入沼地，脑子里就有一个模模糊糊的想法，这灯光会不会……

“对了，”罗新民突然拍了一下巴掌，兴奋地说，“没错，准是那个管理员的房子……”

“管理员？哪个管理员？”梅志雄忙问。

“你忘啦？报上不是说这个自然保护区要招聘一名管理员吗？八成是管理员的房子……”

“这下可好了，说不定那儿有电话，我们马上可以和局里取得联系……”梅志雄受到感染，脚痛也忘记了。

灯光陡然增添了他们的勇气，给他们带来了摆脱困境的希望，脚下的步伐无形中也加快了。果然，没走多久，脚底下的感觉也渐渐有所不同。他们明显地发现地势逐渐升高，像棉花一样软绵绵的泥地消失了，沙沙作响的干沙地伸展向前。更叫他们惊讶的是，不知从什么时候起，他们的前后左右出现了稠密的水柳树丛。这一伙冒险家的喜悦，简直难以用笔墨来加以形容，他们如同在惊涛骇浪中漂泊了几天几夜的水手，忽然发现海平线上出现一处翡翠般的小岛，不由得欣喜若狂，连黑旋风也高兴得在地上打了几个滚，撒欢地朝前奔去……

灯光越来越亮，也越发清晰可辨了。前面不远隐约是一片黑森森的林子，火焰般的红光便是从稀疏的树隙中透过来的。在灯光的映照下，可以瞥见一幢房舍的屋顶，像一个很陡的斜面从树梢上露出一角。

罗新民这时反倒踌躇起来。当他的眼前奇迹般地出现一幢孤零零的木屋时，他蓦地感到一种潜伏的危险。他自己也说不上怎么会产生这样的念头，在这一刹那间，公路上的尸体、那个来历不明的盗车人和可疑的脚印，一下子涌到他的眼前。他本能地预感到，在他周围，也许就在这幢神秘的木屋里，说不定正有人窥视他们的行动。

想到这儿，罗新民立即阻止梅志雄继续向前。可是他慢了一步，梅志雄性子太急，这时已经穿过屋前的树林，不见了。

罗新民迅速拨开纵横交错的枝条，这时，木屋的全貌一览无余地呈现在他眼前。

这幢木屋实在简陋极了，乍一看酷似伐木工人在森林里搭的临时工棚，只不过稍高一些，上面有一层不大的阁楼。也许是为了防潮，地基垫得很高，门前有一道水泥砌成的台阶。这幢木屋像是一个饱经风霜的老人，沼地经年不断的潮气水雾，使它的躯体爬满斑驳的苔藓和地衣，像疮瘢似的丑陋难看；长年累月的日晒雨淋，毁坏了它的门窗房顶，那种摇摇欲坠的可怜样子，仿佛一阵大风就会刮倒似的。不过，它和周围荒凉的沼地，倒是协调和谐，仿佛是一座远古时代留下的遗物。

罗新民端详着这座丑八怪般的木屋，倒抽了一口气，他简直可以想象木屋里面破烂不堪的情形，但是事到如今，他们也只好在这里委屈一夜了。

他和走上台阶的梅志雄打了个照面，正待叩门求宿，蓦地，他一眼发现房门虚掩，门缝射出一线光亮。“奇怪，这样深更半夜，木屋的主人为何还通夜亮着电灯，连大门也不关牢？”罗新民的脑子闪电似的转过这个念头，刚伸出去的手赶紧又缩了回来。

他和梅志雄对视了一眼，接着又机警地打量了周围。

四周静悄悄的，除了黑旋风焦躁地喷着鼻息，听不见任何声音。

没有发现什么异常，罗新民迈上几级台阶，轻轻地叩门。

没有反应。也许木屋的主人睡熟了，罗新民又接着用力叩打那扇木板门。

他相信这声音是够响的，哪怕睡得再死的人也会从梦中惊醒。但是，时间过了足有几分钟，屋内仍然没有动静。

罗新民和梅志雄不由得暗暗吃惊。“难道屋内出了什么事？”他们几乎同时意识到这点。罗新民这时赶忙把梅志雄拉到他的身后，挺身上前背贴着门板，然后蹑手蹑脚地挪动那扇沉甸甸的木门……

他猛然用力一推，“哐啷”一声，房门撞在墙上，发出沉闷的巨响，在这万籁俱寂的深夜，这一声不亚于山崩地裂的巨响，连罗新民自己也吓住了，梅志雄不由倒退了好几步。

木屋的大门敞开了。在这一瞬间，仿佛有什么魔法似的，他俩突然呆若木鸡，睁得大大的眼睛似乎变成了四个拉得长长的惊叹号。

木屋里的陈设让他们怔住了。他们几乎不敢相信自己的眼睛，甚至在最初的一刹那间，他们恍惚觉得眼前的一切并不是实实在在的现实，也许这不过是一种幻觉，就像沙漠里的海市蜃楼似的。

但这绝不是幻觉或者梦境，他们眼前是比现代化旅馆的高级客房毫不逊色的房间，说得准确一点儿，这是一间极其舒适的住室，只不过外面罩着一个丑陋不堪的外壳罢了。室内的陈设是清一色的钢化轻质泡沫塑料制品，色调柔和，式样新颖。横在室内一角的橘黄色大写字台，绿色的座灯仍然散发着柔和的灯光，仿佛木屋的主人不久前还在灯下工作。占据房间另一半空间的，是四张围成椭圆形的轻便沙发，长方形的茶几上，烟灰碟里凌乱地丢下几根抽了半截的烟蒂。靠墙立着的一排玻璃柜，一半堆满琳琅满目的外文书籍，另一半却是别开生面的动物标本，有南极的企鹅，尼罗河三角洲的鳄鱼，各种叫不出名目的羽毛艳丽的鸟类，甚至还有一只栩栩如生的非洲豹……

罗新民和梅志雄呆呆地站在门前，如同两个乞丐不敢贸然踏进富丽堂皇的王宫似的，默默地凝视了几分钟。只有黑旋风毫不理会这一套，头一个冲进房内，直奔存放标本的玻璃柜，大概这条警犬从来没有遇到这样多的同类，惊恐和兴奋使它失去了理智。它忽而张牙舞爪，时而大声咆哮，忙个不亦乐乎……

看起来木屋里空无一人，罗新民和梅志雄的心情稍稍有所放松，他们满腹狐疑地踏上脚下的漂亮地毯，也顾不上满脚的污泥了。

“你在这儿检查，我上阁楼去看看。”罗新民仍然不放心地提着激光手枪，向梅志雄吩咐道。

木屋用塑料板隔成前后两部分，后面是一间很小的厨房和同样很小的储藏室。罗新民穿过一道门，径直奔向后面。他检查了厨房，接着又走进储藏室，只见靠墙立着一架铝质的轻便楼梯，他拾级而上，三步两步便登上了阁楼。

原来这是主人的卧室，开间不大，伸手就可以触着屋顶。一张轻便的弹簧床，一只床头柜和几口皮箱，几乎占据了大部分面积。靠窗摆着一张轻巧的小桌，桌上的吊灯仍然通明，大概木屋主人晚上就在阁楼上工作。

罗新民低着头走到窗前，这是阁楼唯一的一扇窗户，他推窗探头张望，原来窗外便是一片稠密的树林，再远些，灰蒙蒙的沼地雾气腾腾，什么也看不见。他恍然大悟，他们在沼地上见到的灯光便是从这里射出的，怪不得老远就可以看见。

他在阁楼上检查了一番，没有发现什么线索，又噔噔地下到储藏室。正在这时，外屋传来梅志雄的一声怪叫，罗新民闻声一惊，急忙跑了过去。

当罗新民一眼发现梅志雄喜形于色地站在写字台前，手里攥着一张纸片时，不由得问道：“什么东西？”

“你瞧，主人给我们写了一封信。”梅志雄兴高采烈地说。

“信？”罗新民大吃一惊，他大踏步地走到梅志雄面前，劈手夺过那张纸片，“在哪儿发现的？”

“就在写字台上，压在玻璃板下面……”

罗新民无暇多问，他的目光贪婪地盯在这张神秘至极的信笺上，似乎要把上面的每个字都吞进去似的，他被这突如其来的发现弄得有点晕了。

信是用打字机打在薄薄的打字纸上的，全文如下：

两位不相识的朋友：

我极为欢迎二位大驾光临，不巧我有一件极紧迫的事情不能耽误，恕我不能奉陪。

蜗庐简陋，聊避风寒。电冰箱内备有菜馔酒食，请随意取用。阁楼有床，恭请下榻。

二位若能稍候数日，待我了结一桩公案即返，届时定以详情禀告。

祝

晚安

赵榕

即日

这封信来得太突然，也太离奇了。两个民警面面相觑，一时竟有点手足无措了。

“赵榕无疑是木屋的主人，也是沼地自然保护区的管理员了。”

罗新民的脑子里顿时得出这样的结论。但是，接踵而来却是一连串问题。“他怎么知道我们要来？他在深更半夜究竟去办什么急事？写这封信的用意何在？他所指的公案是什么意思？这是不是故意设下的圈套？”罗新民连珠炮似的向梅志雄问道。

梅志雄眨眨眼睛，困惑地望着脸色兴奋的罗新民，一时不知如何对答。

罗新民接着又把这封信从头至尾看了一遍，他若有所思地在房间里来回踱步，目光不时在房间里搜索着。这封神秘的信使他对木屋的主人产生了极大的怀疑。

但是，他也只能到此为止，进一步的证据他却无法提出。他第一次感到自己的智力不够用了。

屋子里沉默下来。罗新民一会儿伫立在陈列着动物标本的玻璃柜前，拉开玻璃门，仔细辨别标本上的题签，大声朗读上面的拉丁文学名；一会儿俯下身子，用手指头从烟灰碟里夹起一枚烟蒂，小心翼翼地放进他的手帕里；过了片刻，他抄着手，轻轻点着足尖，漫不经心地欣赏着墙上悬挂的一幅名为《秋江夜钓图》的宋人山水画。那种若无其事的神态，倒把梅志雄弄糊涂了。

“看起来这位管理员倒有满有学问的……”罗新民笑着对梅志雄说。

“亏你还有闲情逸致欣赏画儿，快说说下一步该怎么办吧！”梅志雄倒在沙发上，不耐烦地打断他的话，说道。

罗新民笑笑，故意逗他道：“何必着急，主人不是盛情邀请我们在这儿住上几天，还特意预备了丰盛的饭菜，我们何乐而不为？”

“你得了吧，”梅志雄顶了他一句，焦急地说，“你瞧，现在都快十一点了……”他把手腕上的表伸到罗新民面前。

果然不差，时间已经无声无息地过了四个多小时，从出发到现在他们可以说一无所获，而且还把一辆警车弄丢了，连同一具尸体，这在罗新民的侦查史上还是绝无仅有的头一次。想到这儿，罗新民确实有些急了。他连忙坐下来和梅志雄磋商下一步的行动……

他们的谈话刚刚开始，又被一个意外的情况打断了。黑旋风不知到哪里转悠了半天，这时突然从里间跳出，它兴奋地狺狺直叫，接着一口叼住罗新民那件呢大衣的下摆，似乎要它的主人跟着它走。

黑旋风的怪异举动立即引起他俩的注意，罗新民和梅志雄对视了一眼，马上站起来，尾随着警犬钻进门道。这时，黑旋风用鼻子把贴墙的木板门轻轻拱开，几乎同时，他俩异口同声地惊叫起来：

“电话！”

原来电话藏在穿堂门的背后，恰巧被房门挡住。他们在忙乱中居然忘记检查这个不被人注意的角落。

他俩喜出望外，罗新民当即拨通了公安局值班室，通知马上派车来接他俩，但是那个值班的女警察却笑嘻嘻地告诉他们一个意外的消息，那辆被窃的BK-37型警车早在两个小时以前就自动回来了，停在公安局的院墙外面。

“什么，你别是说梦话吧？”罗新民的脸色陡变，说道。

对方咯咯地笑得更欢了。“错不了，我的侦查科长。你们的摄影机还在里边呢。”

“别笑了！”罗新民被激怒了，问道，“有没有一具尸体，男人的尸体？”

值班的女警察显然吓坏了，她收敛笑容，嗫嚅道：“不，不，没有看见什么尸体……”

罗新民的手“啪”地撂下话筒，他发现梅志雄的脸色也苍白了。

意外，这一个晚上发生了多少意外啊！

五

罗新民和梅志雄返回城内时，已是夜色更深的下半夜了。

当他们又饥又累地迈进办公室时，值班的女民警笑吟吟地给他们送来热气腾腾的夜宵，告诉他们道：“局长指示，要你们二位稍候，他有要事找你们。”

“局长还没有休息？”罗新民一面脱下大衣，一面问道。凭着多年的经验，他预感到事态严重，也许发生了紧急情况。

“休息？早着哩！”女民警眨眨眼睛，故作诡秘地悄声道，“局长他们开了大半宿的会，边防部队的首长也来了，可能是——”她正待说下去，走廊里传来唤她的喊声，她应了一声，转脸对罗新民说，“对了，你们那辆车检查过了，没有发现什么异常情况，胶片已经冲洗出来，放在七号保险柜里……”

罗新民匆匆忙忙填饱肚子，吩咐梅志雄抓紧时间在沙发上休息一下，上前从保险柜里取出一叠刚冲洗出来的照片。

他丝毫没有倦意，多年侦查工作的职业习惯，使他练就了连续熬夜的本领。他总是这样，一旦接手破案，可以几天几夜不合眼，全身的每个细胞、每根神经如同上紧发条的机器，处在高度兴奋、紧张的状态。

办公室顿时安静下来，只有日光灯管的咝咝声和梅志雄轻微的鼾声打破了深夜的宁静，罗新民翻来覆去地摆弄着这些从不同角度拍摄的现场照片，他忽而用放大镜仔细观察、辨认，注视着上面记录的信息，忽而托腮凝思，一个人呆呆地出神……

他的目光凝聚在一张死者面部的照片上，这是正面拍下的特写镜头，经过放大处理，将死者临终前一刹那的表情再清晰不过地记录下来：暴突的眼珠，绷紧扭曲得有些变形的脸颊，微微张开歪向一旁的嘴唇，似乎可以听见死者临终之前绝望的呼喊。

罗新民端起放大镜，聚焦在那双充满惊骇的眼珠上，看着看着，他忽然发现死者的眼珠有些异常，只是照片放大的倍数不够，还不能看得十分真切。

他伸手拿起电话筒："喂，暗房吗？请印一张死者眼部的放大照片，对，愈大愈好，要清晰……洗好马上给我送来。"他吩咐道。

罗新民放下话筒，又伸手抓起桌上另一台可视电话的话筒，在白色的键盘上按下"5478"四个熟悉的数字。

荧光屏闪动着，不一会儿出现了一个穿着睡衣的秃顶老头儿，他睡眼惺忪地咕噜着，张口打了个哈欠，当他揉揉眼睛，从他床头的屏幕上看清罗新民的面孔时，不禁苦笑道："是你呀，夜猫子，深更半夜又有什么急事？"

"对不起，把你吵醒了。"罗新民抱歉地说，"王教授，要向你请教一个问题……"

王教授是市公安局的医学顾问，他已经习惯半夜里被公安人员从被窝里唤醒解决疑难问题。他知道没有十分紧要的事，他们是不会惊动他的。

"说吧，哪一方面的……"王教授翻身坐起，披了一件毛衣，接着摸出打火机，点燃了烟斗。

"人死的时候，他的瞳孔一定会散开放大吗？有没有例外的情况？"

"唔？"王教授从嘴里拔出烟斗，定睛向罗新民凝视了几秒钟，"今天你是怎么回事？你这个老公安连这种起码的常识难道还不知道？还是……"

罗新民笑笑，抢着他的话说道："当然，通常的情况我是知道的，我是问有没有例外……"

"例外？"王教授拔出烟斗，吐出一团团灰白色的氤氲，他沉吟片刻，慢吞吞地答道，"死亡的表征是多方面的，这你都知道，比如心脏停止跳动，血压降到零，感觉神经对外界刺激麻痹，肌肉松弛，还有瞳孔放大等，但是这仅仅是一般情况，由于致死的原因千差万别，在死亡来临的初始阶段——注意，我说的仅仅是初始阶段，这个时间一般是非常短暂的——表征也不尽相同，有的还有不少反常……"

"那么，这种反常是不是包括瞳孔不放大，或者并不完全散开呢？"罗新民急不可耐地插嘴问道。

"不，不可能。"王教授用肯定的口气，略略提高了声音说道，"如果瞳孔没有散开，尽管其他表征十分明显，我认为这还不能算是真正的死亡。"他停顿了一下，接着又讲，"当然，问题在于死亡的概念，我们医学界的同行，他们彼此的理解就有分歧，有的人往往仅凭单项或者几项并非主要的指标就轻率地下断语，我认为这是一个很大的错误。因为这样做会导致医生耽误抢救垂危病人的最后时机，尽管这是千分之一甚至万分之一的机会……"

如果不是罗新民拦腰打断王教授，说不定他还要没完没了地说下去，但是罗新民已经没有耐心听他发表学术见解了。他见暗房照相师把他所需要的照片放在桌上，朝照片瞥了一眼，连忙大声打断王教授的话头，说道："王教授，我明白了，你的意思就是在瞳孔是否放大的问题上，是没有例外的，对吗？"

"至少在目前为止，我认为这样理解是不错的……"

"好极了，谢谢你。再见——"

罗新民满意地结束了向王教授的询问，他拿起死者眼部的放大照片看了一眼，突然自言自语地说："对，凶手为什么要那样急不可待地把尸体劫走？看来我们上当了……"

躺在沙发上休息的梅志雄其实早就醒了，罗新民和王教授的对话他听得一清二楚。

“我们上谁的当？”他忍不住问道。

罗新民听见他在说话，连忙转过脸望着沙发：“啊，你还没有睡着。也好，快过来，有点眉目了。”他兴奋地告诉他的助手。

这时，从门旁传来一个浑厚的男低音：“是吗？有什么眉目？”

罗新民和梅志雄同时回过头来，原来鬓角花白的李局长不知什么时候进了办公室。

“是这样……”罗新民把发生在五号公路的案件的前后经过，以及他们在沼地上的遭遇，详详细细向李局长做了汇报。最后，他说：“根据现场检查的印象，最重要的还是对照片的分析，我认为五号公路上的死者，实际上并没有真的死亡……”

“是活人？”梅志雄惊叫起来。

“对，他并没有死。很可能是我们还不了解的某种凶器使他暂时昏厥过去，处于一种临界的死亡状态，但是可以肯定，他没有死亡……”

“这……这不大可能吧……”梅志雄望望罗新民，又望望李局长，疑惑地说。

“完全可能。”罗新民把那张照片递给梅志雄，接着陈述了自己的根据：在那张眼部放大的照片上，死者的眼球明显地可以看见圆圆的瞳孔。仅这一点，就使梅志雄无话可说了。

“你再想想，这个结论如果不错的话，那么后来发生的一连串的意外事件就不是什么意外了。这里有两种可能，一是偷车人和凶手是同伙，为了不暴露目标，他们事先埋伏在沼地里面，趁我不备把尸体劫走了；再一种可能就是偷车人本身就是凶手，为了消灭罪证，他把车子开走，把尸体转移到某个隐蔽的地方……”

一直保持沉默的李局长这时突然开口问道：“那么，你倾向哪一种可能呢？”他双手托着脑袋斜靠在沙发上，说话时双目仍然闭着。

罗新民沉吟片刻，答道：“在目前情况下，还不可能下最后的结论。不过，我比较倾向后者。”他从桌子上取来那只鳄鱼皮包递给李局长，说，“还有一个证据，我们发现的这只皮包，里面是空的，这说明凶手很可能抢走了里面什么重要的东西。

“噢，”李局长很感兴趣地端详着，“摩洛哥的名牌货。”他欣赏着皮包的美丽花纹，同时动手拉开拉锁。

“唔，还有一张报纸！”李局长的眼睛蓦地亮了起来，“这是原来就有的？”他侧过脸问道。

“不，报纸是从死者口袋里搜出来的，”梅志雄答道，“最奇怪的是，报纸下面的招聘启事被特地用红铅笔圈了起来，而这个又和案件发生的地点一致……”

“啊，原来是这样……”李局长皱着眉，目光久久凝视着那个用红铅笔圈起的启事。接着，他从随身携带的黑色公文夹中取出一张一模一样的报纸，两相对照，在这张同一天的报纸上，第四版右下角的招聘启事同样也被用红铅笔圈了起来。

罗新民和梅志雄默默地对视了一眼，眼前的情况大大出乎他们的意料。

“九点多钟的时候，边防部队在75号林区发现一个企图偷越国境的家伙，当边防战士从后面包抄上去时，他发觉了。他见无法逃脱，便服毒自杀，在他的身上搜出了这张报纸。”李局长说，“看起来，五号公路上的那个死者，不管他是真死还是假死，和偷越国境的家伙是有联系的。”

李局长向他们扫了一眼，继续说道：“据我们掌握的敌情动态，和我国毗邻的U国的谍报部门，最近制订了一项针对我国的‘小白桦’行动计划，具体内容不大清楚。但是有两点动向值得注意，一是他们的外交官最近一个时期突然在北京古旧书店大肆抢购我国的古旧书籍，并通过各种渠道搜集我国边防地区的地方志和图书资料；另一个动向就是他们开动所有宣传机器，在报纸、电台、电视台以及许多学术刊物上重弹边境领土要求的陈词滥调。”李局长从沙发上站了起来，目光炯炯地望着罗新民和梅志雄，“五号公路上发生的案件不是孤立的，可能有复杂的国际背景。”

他顿了一下，下达了如下命令：“你们必须迅速找到赵榕这个人，他是整个案情的关键人物，找到了他也许一切疑团就可以迎刃而解了。”他看了看手表，指针指到三点四十七分，“天亮以前，你们要把行动计划制订出来。明白吗？”

罗新民和梅志雄机械地点点头，目送着李局长走出办公室。“记住，问题要想得复杂些，也许不止两种可能，要多设想几种可能性。”李局长临走又叮嘱了几句。

他们呆呆地站立着，好半天没有明白过来。案情的复杂大大超出了他们的想象，他们如坠五里雾中，如同在沼地中那样茫无头绪……

六

电子计算机网络的接收端……

在公安局信息贮存库的大房间里，红红绿绿的信号灯跳动闪烁，发出清脆的有节奏感的“咔嚓咔嚓”声，电脑中心开始了一场不为人知的紧张战斗。

“本市，各大学、各科研机构都没有赵榕这么个人……各工厂也没有……各企业……没有……”梅志雄站在计算机旁，一边两眼目不转睛地在输出的长长的纸带上跳动，一边用颓丧的声调向坐在一旁的罗新民报告。

罗新民咬了咬嘴唇，用力揿了揿另外几个黄颜色的按钮。“查近三年来往旅客的登记档案……”他从牙缝里挤出了几个字。

“本市……各大小饭店、旅馆……没有赵榕这位旅客……”梅志雄继续无精打采地念道。

接收端的黄橙色指示灯急促闪动，似乎在催促着问询者：“还有什么问题？快，快……”

罗新民的身体在转椅上动弹了一下。他沉思片刻，忽然抬起眼睛，对梅志雄说："查一下沼地自然保护区的编码代号。"

"沼地自然保护区编码代号DF7005……"梅志雄熟练地翻开电脑查询手册，念道，"历年观察记录索引DF7005-A……人事档案DF7005-B……"

"重复一遍！"罗新民大声说。

"DF7005-B……人事档案……"梅志雄答道。

罗新民立即伸手揿了揿按钮，目光贪婪地盯在输出孔迅速跳出的纸带上。

一分钟过去了……五分钟过去了……十分钟过去了……

"赵忠凯……"突然，梅志雄抽出纸带，迅速和罗新民交换了一下眼色。

"念下去！"罗新民也莫名其妙地兴奋起来。

"赵忠凯，本自然保护区管理员，男，松江市人，原为电气工程师，退休后自愿申请担任管理员，供职十二年，今年十一月七日因病逝世。身边无子女，据赵忠凯临终前讲，他有一个孩子在加拿大一所大学从事生物学研究，名叫赵榕……"

"赵榕！"梅志雄念到这儿，情不自禁地手舞足蹈起来。

罗新民的脸上也露出了笑容，但他毕竟比较沉着："往下！"他对梅志雄说。可是，电脑贮存的信息到此为止，往下的内容和赵榕都毫不相干了。

"啊，原来是这么回事！他们是父子俩！真是踏破铁鞋无觅处，得来全不费功夫呀！"梅志雄喜形于色道。这个发现使这两个侦查员兴奋极了。

"看起来，这个赵榕是不久前从加拿大回来料理他父亲的后事的，怪不得他一个人住在沼地上没有人知道。"罗新民道。

"对极了，你瞧屋子里的那些家具，还有那些动物标本，都证明了他的身份，咳，可惜当时没有想到……"梅志雄拍着脑袋补充道。

不过，他们的兴奋和激动并没有维持多久，很快就像遇到一股寒潮，迅速冷却下来。因为电脑贮存的信息，有关赵忠凯的内容只有简单的几十

个字，更何况他们急需寻找的赵榕差不多是个空白。这样一个来无影、去无踪的人，要想立即找到，无异于大海捞针。

“我觉得问题好像愈来愈复杂，弄得我的脑子就像一团乱麻，理不出一点儿头绪。”梅志雄搔搔头皮，面有难色地对罗新民说，“依我看，这父子俩的性格都有些反常，甚至可以说不近情理。”他扳着指头说道，“首先，就拿这个赵老头子来说吧，档案上说他是个电气工程师，不管怎么样，他总是个有文化的知识分子吧，可他退休以后却独自一人跑到那么荒凉可怕的鬼地方，而且是自愿申请的，一待就是十二年……”他顿了一下，接着说，“说老实话，要是我，别说是十二年，一个星期我也受不了……”梅志雄想起沼地阴森凄凉的情景，这会儿还有点毛骨悚然呢。

罗新民抽着烟，默默地聆听着，不时点点头。

“其次，他的这个儿子赵榕也很怪，”梅志雄呷了一口水，继续说，“他给我们留下那封信究竟是什么用意，我一直琢磨不透。很明显，他事先肯定发现我们了，说不定我们在公路上检查那具尸体时，他就潜伏在沼地里监视我们……”

“你分析得很有道理，说下去！”罗新民满意地看着他的助手，赞许道。

梅志雄听到罗新民的赞扬，反倒有点不好意思起来，他红着脸，结结巴巴地说：“这样看来，对赵榕这个人只能有一个解释，凶手不是别人，就是他了……”梅志雄最后一句话说得很轻，大概连他自己也觉得这样的说法过于武断了。

屋子里顿时沉默下来。罗新民低着头猛吸了几口烟，眉头的皱纹拧成“川”字形。

“我起初也有这样的想法，因为除此之外似乎很难有别的解释。不过后来李局长提供的情况使我又有了新的想法。”罗新民扔掉手中的烟蒂，望着梅志雄道，“不知你注意到没有，我们在桥头的河滩发现的那只脚印很不寻常，可惜当时没有摄影机把它拍下来。那只脚印大得惊人，我目测了一下，起码有四十四码，或者四十五码，就像篮球运动员里的巨人的脚印。按照常人的身高和脚的大小比例，如果这只脚印是赵榕留下的，那么此人的身高起码有一米九。这还不算，还有一个奇怪的现象，你大概还记得，那块沙滩是很松软的，我刚踩在上面很快就陷到脚脖子了，可是那个脚印很浅，即使他是很快离开了原地，也绝不可能只留下那样浅的脚印，这个矛盾的现象又如何解释呢？”

梅志雄想了想：“那……那只能有一个解释，赵榕的体重很轻，顶多只有三十公斤，甚至还要更少一些。”

“哈……哈……”罗新民忍不住笑了起来，“这怎么可能呢，一个身高一米九的人，体重才只有三十公斤不到，而且能够敏捷地逃脱警犬的追捕，世界上难道有这样的奇人？”

“那你有何高见？”梅志雄反问道。

“我也回答不出来。”罗新民耸耸肩膀，说道，“不过，我隐隐约约地感到，凶手不太可能是赵榕……”

“难道还有第三者？究竟是谁呢？”梅志雄越发困惑不解，问道。

“我确实不知道，”罗新民老老实实地承认，笑道，“不管怎么说，脚印的存在总是不能否认的客观事实，而且警犬对他的气味非常敏感，你忘了黑旋风刚一开始出阵时，神情是那么紧张吗？在我的印象里，黑旋风似乎从来没有那样失态过……”

“你真是愈说愈玄乎了，难道那是个怪物不成？”梅志雄不服气地顶了他一句。

“确实是很奇怪，我们离开公路没有多久，警车就开跑了。等我们到达沼地上的木屋，赵榕又悄悄地离开了，而且还写了那样一封含糊其词的信，他有什么急事不等天亮就要去办理呢？为什么不愿意和我们见面以后再走？而且等我们回来，警车又自动回到局里，这件事又是谁干的呢？”罗新民背着手，在房里来回踱步，边走边向自己提出一连串问题，“还有，那个死者到沼地去干什么呢？为什么那个偷越国境的家伙偏偏选择在这个时候逃跑，他的行动和尸体的失踪有没有联系呢？”

罗新民一连串说出七八个“为什么”，这些问题像谜一样引起了梅志雄的深思。梅志雄感到情况实在太复杂了，如果自己当时不是那么莽撞，擅自离开了岗位，也许情况会好得多，哪里会横生出这样纷繁复杂的枝节呢？想到这儿，他深深感到内疚，不由得叹了口气。

“噢，别泄气呀！”罗新民误解了他的意思，说道，“不管怎么说，电脑帮了我们的大忙，至少弄清了赵忠凯和赵榕的父子关系，下一步我们的行动目标就是寻找赵榕……”

“上哪儿找？”梅志雄猛地回头问道。

罗新民正待说出他的行动计划，正在这时，市中心的电报大楼上响起清脆嘹亮的钟声，他们不由得同时回过头去。

窗外暮色渐渐隐去，一抹鱼肚白的朦胧曙光，在黑黝黝的楼房背后出现了。天快亮了……

七

第二天清晨……

七点多钟，在人群熙攘的大街人行道上，有两个行人匆忙地走着。这俩人的穿着是如此不同，可以说是天壤之别。走在前面的那个人，约莫五十来岁光景，他举止文雅，风度翩翩，头戴一顶名贵至极的水獭皮帽，鼻梁上架着一副新式的玳瑁宽边水晶镜，他那一身质料和式样都颇为考究的西服和呢大衣，以及提在手里的一只鳄鱼皮包，明显不过地透露了他的学者身份，使过路的行人忍不住投来敬慕的眼光。也许是不太愿意招惹无谓的寒暄，他用一个大口罩把大半个脸庞遮住，只露出两只炯炯有神的眼睛。

走在后面的那个人就不同了。他的年龄和前面那个老学者模样的人不相上下，浑身穿戴却极为寒酸。他身穿一件满是油污的蓝卡其工作服，脖子上缠了一圈质地低劣的廉价围巾，头发蓬松的脑袋上随随便便斜扣着一顶揉皱的鸭舌帽，露出几缕灰发。看模样，是个靠力气和双手赚饭吃的工人。

这两个身份不同、好像素不相识的行人匆忙地走着，若即若离地保持十来米的距离，他们偶尔也装作漫不经心的样子，瞅瞅人头攒动的街道和他们的前后左右，但一切都显得非常自然，不露痕迹。约莫半个小时后，那个老学者模样的人走到市立医院对门一家专卖西式糕点的餐馆门前，他稍稍踌躇片刻，左右顾盼了一会儿，便昂首挺胸推门而入。

“老先生，你想吃点什么？”女服务员笑容可掬地迎上前，把这个潇洒的老学者请到紧里边的一个雅座上。

老学者把脱下的大衣挂在衣帽钩上，顺手摘掉口罩：“还是老样子，牛奶请多加点糖。”他像是常来用餐的老主顾，对女服务员吩咐道，“麻烦你，给我买一份今天的《江城日报》。”女服务员应诺着，刚要走开，走在后面的那个满身油污的老工人也踏进餐馆。

“老师傅，这儿有空位，请到这边来。”女服务员迎上去，用同样热情的态度和他打招呼。

这两个老头儿面对面共坐一张餐桌，他们礼节性地点点头，寒暄了几句，便各干各的了。老学者接过女服务员送来的报纸，装作一心埋头看报的样子，当他的目光接触到夹在报缝里的一张小纸条时，脸上立即露出欣喜的神色。

“昨夜十一点二十分左右，特护病房收进一个重病患者，据查未经住院处登记，正在调查。”

老学者模样的人迅速把纸条揉成一团，用报纸盖上，悄悄地递给对面的老工人，同时掩饰地说：“今天的这条消息简直太有意思了……”

“是吗，请借给我瞧瞧。”老工人顺手接过报纸，悄悄地展开了那张纸条……

这是一家昼夜营业的餐馆。餐馆的大门隔着一条繁华的马路，正对着本市设备最先进的医院。也许是位置适中，加上餐馆的西式糕点花样繁多，颇负盛名，有不少医生护士在上班之前就便在这里用餐。此刻餐馆内

人声嘈杂，几十张桌子差不多被顾客占满了。

来来往往的顾客像走马灯一样，唯有这两个老顾客却一直没有挪窝，像是不愿离开这个温暖如春的地方。他们细嚼慢咽，不时交换一下眼光。那眼光是焦虑的，夹杂着某种惴惴不安的神色。大约过了一刻钟，或者二十来分钟，那个老学者模样的人和女服务员结完账，起身从衣帽架上取下大衣，准备离去，就在这时，老工人借归还报纸的机会，压低声音悄悄地向他说："别忙，有门儿了。你瞧，斜对面座位的那个孩子……"

老学者一只胳膊伸进大衣袖子，慢慢转动身体，目光透过镜片射向斜对面的一张桌上。

那是临窗的地方，坐着一个长发披肩的女子，可是椅背挡住了她的大半个身子，加上她是背朝这边，只能窥见她窈窕的背影，却无法看清她的模样。坐在她对面的，是个年龄不大的男孩，表情呆板，面无血色，乍一看像是有什么病似的。当老学者好奇地朝他望去时，小男孩一双滴溜溜的大眼睛恰好和他打了个照面。

蓦地，那个小男孩的眼睛忽闪忽闪，流露出一种令人捉摸不透的神色。

老学者也觉得有些奇怪，便转过脸压低声音问老工人："你发现什么啦？"

老工人仍然端坐不动，举起一杯酸牛奶呷了一口，悄声答道："你瞧瞧他那双大脚……"

老学者慢吞吞地扭过头，这一次他看清了，那个孩子的一双脚确实大得吓人，和他的年纪太不相称。他的身长不到一米四，但套在脚上的那双球鞋按最保守的估计也有四十四码大小，好像两只怪扎眼的小船。

当老学者的目光移到桌面上时，他意外地发现了另一个不可思议的怪现象：那孩子的面前既无碟子也无杯子，什么也没有，而坐在他对面的那个女子，说不定是孩子的母亲，却独自在一旁又吃又喝，全然不理会身边的孩子。

那男孩也很怪，他表现得非常温顺乖觉，并不像一般的孩子那样吵着向大人要吃要喝，不仅如此，他甚至连桌上的糕点和饮料也不屑一顾，好像对饮食毫无兴趣似的。

老学者模样的人暗自纳闷，忽然，他发现那个男孩仍然目不转睛地盯着自己，好像有什么新奇的玩意儿引起他的注意。老学者故意和善地冲他笑笑，伸手拎起放在餐桌的鳄鱼皮包。

不料这下惹了大祸，没等老学者反应过来，小男孩突然从椅子上蹦起来，接连撞倒几只椅子，三步两步直奔老学者这边。说时迟，那时快，小家伙冲到老学者跟前，伸手夺走那只鳄鱼皮包，飞也似的跑回自己的座位，兴高采烈地向那个女子说："瞧，找到了！"

整个过程前后不超过几秒钟……

那个女子正在低头用餐，见到这突如其来的皮包，不禁吃了一惊。当她霍地回过头，一眼瞧见老学者模样的人时，一刹那间，她的脸色骤变，嘴唇微微翕张，上身不由得向后倾倒下去……

她显然被老学者模样的人吓住了，只见她一双美丽的大眼睛直勾勾地盯着对方，面部流露出不可思议的惊讶表情，那副神态简直就和大白天见到了鬼没有两样。

老学者模样的人一开始并没有觉察对方的失态，他只是在女子的脸上迅速瞥了一眼，他发现这个女子很有风度，纤巧婀娜的身姿，白皙细嫩的皮肤，蓬松披肩的长发，以及和当地女子截然不同的服装打扮，一眼看出她不像本地人。他和女子打了个照面，冲她微微一笑，接着便对那个得意扬扬的男孩说："喂，小朋友，你怎么把我的皮包抢走啦？"

"我的，这是我的，是你这个老坏蛋从我家偷走的！"小男孩的双手紧紧抱着皮包，横眉怒目地瞅着老学者，毫不示弱地破口大骂起来。

老学者被这一顿臭骂弄得尴尬极了，不过他并不在意，反而赔着笑脸道："啊，是你们家的？那你说说有什么证据……"

小男孩眨巴眨巴眼睛，似乎没弄明白对方说话的意思，嘴里仍然骂骂咧咧地说个不停。这时，站在一旁发怔的女了瞥了那个老学者一眼，连忙上前大声呵斥那个男孩："汤姆，不许乱说，快把皮包还给这位老伯伯……”说罢，她转脸赔笑道，“对不起，完全是误会，这孩子的脑筋有点毛病……”

不料她的话音未落，小男孩气急败坏地驳道：“你胡说，你当面撒谎，皮包就是我们家的！”

这当儿，餐馆里用餐的顾客们纷纷围拢上来。那个女子窘得满脸通红，也无法从男孩手里夺回皮包。围观的众人七嘴八舌，多半把疑惑的眼光投向那个老学者模样的人，许多人都不约而同地站在男孩一边，为这个受了委屈的孩子打抱不平。

“哼，别看他那副正人君子的模样……”有人小声嘀咕道。

一个年轻的女学生愤愤地说：“没什么可说的，应该把这个老东西扭送到公安局……”

一个上了年纪的老人和一个不懂事的孩子的纠纷，究竟谁是谁非呢？

正在难解难分之时，老工人急忙搬来了救兵，把女服务员找来了。

“喂，大家请散开！”女服务员声色俱厉地嚷道，“有什么问题你们到楼上经理室去解决，不要影响我们营业……”

说罢，她不由分说地拽着小男孩的手，毫不理会那个女子的百般解释，径直朝楼梯走去。那个老工人也自告奋勇地推搡着老学者模样的人，嘴里絮絮叨叨说个不停。

那个女人忐忑不安地跟在后面，不料当她刚走到经理室门外，房门“砰”的一声带上了。

她推了推门，奇怪，房门从里面反锁上了。她一个人留在空无一人的过道上。她暗自纳闷，这一切究竟是怎么回事，为什么偏偏在这个时候突然冒出这样一场误会？正在百思不得其解时，门开了，女服务员探出头来请她进去。

当她的脚跨进房间，在这一瞬间，她一下怔住了。一切都太离奇了，有点戏剧性。明明先进了房间的那两个老头儿却不见了，站在她面前的是两个民警，他们的面孔似曾相识，好像在哪儿见过。

她的脑子一闪，很快就得出了答案，不禁抿着嘴笑了起来。

那两个民警对她的情绪变化并不理解，不由得交换了一个眼色。其中一个年纪稍大的民警神情严肃地问道："请问你的尊姓大名……"

那个女子把脖子一扬，用手掠了掠她那柔美的长发，笑道："我就是你们要找的赵榕。"

"你……你就是赵榕……"这番轮到那两个民警大吃一惊了。他俩面面相觑，几乎不敢相信自己的听觉是否正常。

他们俩，一个是罗新民，另一个是梅志雄。他们无论如何也没有料到，他们追踪的目标竟是一个年轻貌美的女子。

"你就是赵忠凯的女儿，刚从加拿大回国探亲的？"梅志雄仍不大相信，他担心认错了人。

"怎么，不像吗？"赵榕反问道。

"啊，原来是这样……"罗新民拼命地咬着嘴唇，恼怒地盯着这个若无其事的女子。他的心里这时说不上是什么滋味，眼前这个漂亮的女子，她的身份仍像谜似的叫人不可捉摸。她会不会是蛇蝎心肠的敌人，故意装作这般镇定自若的神态呢？如果真是这样，在如此美丽的躯壳下，竟藏着一颗凶狠冷酷的心，那该多么可惜而又可叹……

他无法细想，仍旧扳着脸孔指着一旁的小男孩向赵榕问道："那么，他是你的什么人？"

赵榕敏感地察觉出对方不信任的口吻，立即收敛笑容，用揶揄的口吻答道："它难道你们还不知道吗？"但她转念一想，此刻不是赌气的时候，便改口说道，"实话告诉二位，它，汤姆，是个没有生命的机器人，是我父亲当年一时心血来潮创造出来的一个小玩意儿——"

"机器人？"罗新民和梅志雄顿时目瞪口呆，像劈头挨了一闷棍。

"是的，五号公路上发生的那件不幸的事件，就是它干的。当然，作为它的主人，我也有不可推卸的责任，所以我决定弥补这一过失。如果二位还记得的话，我曾经事先写了信给你们，等我把一切安排就绪，我会自动把真实情况向公安局报案的。"赵榕诚恳地说，脸上泛出一团淡淡的红晕，"没有想到二位早就暗中盯上了我们，既然如此，那就请二位跟我走一趟……”

说罢，赵榕指着窗外，那边，正是市立医院的院子。

八

赵榕在十二号病室门前站住，掏出一把钥匙，塞进了锁孔。

“请进——”她轻轻推开门，对站在一旁的两个公安人员道。

一股消毒药水的怪味扑鼻而来。罗新民向四周环顾了一眼，这是一间面积大约二十五平方米病房，迎面一张铺着白床单的病床，非常显眼地横在房间中央。病床周围，安放着诸如心脏起搏器、体温血压自动记录仪和一些叫不出名堂的电子医疗仪器。床头倚着一枚炮弹形的氧气钢瓶。除此之外，靠墙有一对沙发、几把皮椅和一张两屉桌。

天蓝色的窗帷整个儿把窗户遮住了，尽管外面阳光灿烂，房内的光线却很暗淡，显得分外宁静，给人一种阴冷的感觉。

赵榕拉开电灯开关，柔和的乳白色光辉顷刻从天花板上倾泻下来。

“我的一位老同学是该院神经内科主治大夫，所以给我提供了这间病房……”赵榕解释地说道。

罗新民和梅志雄都没有吭声，从走进市立医院的一刻起，他们的心情始终没有放松。整个案情令人不可捉摸地急转直下，好像快要接近尾声了。但是，越是这样，他们觉得疑点越多。五号公路上的那个僵死的男人究竟是谁？他和赵榕之间有些什么纠葛？整个案件的真相到底是怎样一回事？所有这些至为关键的要点，他们两个办案人员至今仍蒙在鼓里。一切都像遮上了一层浓厚的大雾，若隐若现，若明若暗，看不出一点轮廓。这种情况，就连罗新民这样经验丰富的老公安人员也是平生第一次遇到，更何况梅志雄了。

赵榕从容地穿上白大褂，在白瓷盥洗池洗了洗手。她的神态始终是安详的，看不出丝毫的不安。这时，罗新民急不可耐地大步跨到床前，伸手就撩开了那条神秘的床单。

在这一刹那，罗新民和梅志雄不约而同地发出“啊”的一声惊叹。不错，病床上躺着的正是五号公路上的那个“死者”，可是过了不到二十四个小时，他已经大大变样。生命的激流在那僵硬的躯壳里又重新流动了，他的面部不再是那样狰狞可怕，而是像熟睡似的显得十分安详，罗新民摸了摸他的手腕，皮肤恢复了弹性，而且出现了淡淡的血色；只是当罗新民用指头撑开他的眼皮时，那一双眼珠仍然凝固不动，似乎并没有恢复知觉。

“请不要动，”赵榕慌忙阻止道，“目前他是我的病人，请不要影响我的治疗……”她特地在“我的病人”四个字上加重了语气。

罗新民慌忙缩回手，问：“怎么样，他不要紧吧？”

“请放心，不会死的，”赵榕像真正的医生似的，拿起一支很细的注射器，插在病人的手臂上，用尖刻的口吻说道，“过不了三天，这位衣冠楚楚的先生又可以大摇大摆地到处招摇过市，还能够跑到别人家里，趁别人稍不注意，把别人的皮包或者别的什么悄悄地拿走……”

赵榕说话的口气和她对病人毫不隐讳的嫌恶表情，被罗新民一一看在眼里，他默默地看着赵榕注射完毕，这才开口问道：“赵小姐，我想现在你总可以告诉我们这个人到底是谁了吧？”他指指病床。

“他是谁你们还不知道？”赵榕的眉尖跳动了几下，疑惑地望望罗新民，又转过脸来望望梅志雄，“二位不会是和我开玩笑吧？”

罗新民耸耸肩膀，两手一摊，笑了起来。

“既然这样，我们到外面的阳台上去谈吧，这个鬼地方叫人一分钟也待不了……”赵榕说罢，下意识地瞥了一眼她的病人，目光仍是那样嫌恶，甚至有点近于憎恨。

市立医院的特护病房坐落在一片幽静的小松林里，在这座富有西方情调的白色建筑物的底层，有一道很长很宽的回廊，正面耸立着一排雕塑精美的大理石圆柱，气势十分雄伟。回廊的中央部位凸出一块半圆形的阳

台，正中有座巴洛克式喷水池，环抱着一座玲珑剔透的假山。大概是为了方便病人休息和晒日光浴，阳台上摆了几十把油漆得雪白的藤椅，只是此刻正值初冬，阳台上寂无人影，显得异常冷落。

“我们就在这儿谈吧！”赵榕选择了阳台僻静一角的几把藤椅，和罗新民、梅志雄围成一个三角形，开始了他们期待已久的谈话。

“从哪儿讲起呢？”赵榕的眸子闪动着激动的光芒，征询地望着对方。

“你不必紧张，想到哪里就谈到哪里。”罗新民笑笑，“就像老朋友谈天一样，不必拘束……”

“好吧，我想为了把事情说得更清楚一些，我先把一些背景情况说明一下，这样尽管会扯得很远，但也许对于你们分析、判断有所好处。”赵榕思索了片刻，说道，“我要事先申明，我所讲的仅仅是一面之词，不可避免带有我个人的偏见，所以我希望你们进一步调查，特别是我的那个病人，再过三天，我相信他的意识就会恢复，可以向你们提供更详细的细节。这里，我仅仅提供事实……”

罗新民和梅志雄默默地点了点头，把藤椅朝前挪动了一下。

“我为什么要讲这些？因为事情是显而易见的，在你们二位的眼里，我是个可疑的杀人犯，至少也是怀有某种不可告人目的的歹徒。请不要打断我的话，你们也不必解释。因为证明我犯罪的证据几乎都完全齐备了，时间、地点、罪证三样俱全，何况我自已也供认不讳，看来司法部门完全可以对我追究法律上的责任了……”赵榕突然显得异常激动，她脸孔涨得通红，胸脯也剧烈地起伏着。

“不，赵小姐，请你不要误会。”罗新民用诚恳、平静的声调打断她的话，说道，“请听我讲几句，我们并不否认，在案件发生的最初阶段，我们确实对你有所怀疑。我想，如果你处在我们的位置，设身处地想一想，这也是可以理解的，不过，我们一开始就发现你的那个病人并没有死，从你留给我们的信，以及你急于把车子开走等迹象，我们否定了这个看法。”他顿了一下，又说，“而且更重要的是，这一点也许是你还不知道的，我们的边防部队拦截了一个企图偷越国境的人，根据查截的证据，那个病人和偷越国境者是同伙，因此我们有什么理由怀疑您呢……”

罗新民说话时，赵榕一直留心倾听，当罗新民说到最后，她那一双长睫毛的大眼睛突然不住地眨着，显出异常激动而又喜悦的光芒。

“啊，原来是这样。”她喃喃地说，“请你们原谅我的激动，我很感谢你们对我的信任……”

她的声音突然哽咽起来，眼圈也湿润了，为了掩饰自己的脆弱，赵榕扭过脸去假装眺望远处的景物。她沉吟了片刻，好让自己激动的心情平静下来：“我就从回国前的那几天说起吧。正如你们所知道的，我的父亲赵忠凯是贵地自然保护区的管理员，他，一个风烛残年的老人，就是在这个常人难以忍受的环境里度过他一生最后的岁月的。每当想到这点，我在悲痛之余，不觉对他的坚韧不拔的毅力，他对科学事业的忠诚，还有他对祖国深沉的挚爱，感到由衷的敬佩。我为自己有这样的父亲而骄傲、自豪，甚至还有点优越感。”赵榕缓缓地说着。

但是，这一切都是后话。在我没有回国以前，大概从我初知人间世事的孩提时代，我并不这样认为。这里我顺便说明一点，我父亲早年在加拿大蒙特利尔综合理工学院求学时，曾致力于人工智能的研究，当时他的才华初露头角，很得著名的计算机和人工智能模拟界权威费米教授的赞赏，费米教授极力推荐父亲当他实验室的助手。那时，我父亲正和一位加籍华裔美术家的女儿热恋，他们相亲相爱，感情日增，不久他们结了婚，生了一个女儿，这就是我。记得我八岁的时候，我和父母一道来中国探亲，头一次踏上祖国的土地。那一次我们的计划是回故乡看望故旧亲朋，顺便给早已过世的祖父、祖母扫墓，然后我们就到了杭州、黄山、庐山、桂林等地游览观光。我们回到北京，办好离境手续，准备第二天动身返回加拿大，就在离境头天晚上，父亲却突然改变了主意。

我记得很清楚，那天晚上，母亲正在收拾行李，我们当时住在北京饭店七层的一个套间，席梦思床、桌子、沙发，甚至连地毯上都堆满了采购的特产和亲友们馈赠的礼品，母亲一面清点，一面又有些发愁，嘴里不住地唠叨："这么多东西，怎么带呢？"母亲先把几幅珍贵的画轴放进皮箱，告诉我，这是特地带给我那个搞艺术的外祖父的。这时，父亲兴冲冲地推门而入。他好像有什么喜事似的，眉开眼笑，满面春风，他亲了亲我，把一盒我喜欢吃的北京特产蜜饯果脯塞在我的怀里，然后哄着我到外间客厅去玩。

"好乖乖，爸爸有事和妈妈讲，你一个人在这儿玩，别闹……"他哄着我说。

"那你一会儿给我讲故事。"我缠着他说。

"好的，一会儿我给你讲孙猴子大闹天宫的故事……"父亲敷衍道。

接着，房门关上了。过了好大一会儿，我记不清有多长时间，门突然开了，母亲满脸泪痕从里间跑了出来，把我一把搂在怀里，哭得更伤心了。

"素芬，你何必这样……"父亲跟着也跑了过来，他的脸色非常难看，脸上的肌肉一阵阵抽搐，在我的印象里，父亲从来没有这样激动过。"你听我说嘛，许多老同学、老朋友都这样劝我，他们说祖国目前正在开展人工智能的研究，国家对这项研究非常重视，把它列入重点科学发展规划。在这种情况下，我能够袖手旁观吗？"他停了一下，接着说，"你别忘记，我们都是黄帝的子孙，我们的血肉之躯都是这块土地哺育出来……"

"既然如此，那你干脆说吧，这个家你还要不要？"母亲止住哭声，回过头气愤地打断他的话。

"我的意思不是已经讲了吗，我希望你也留下来，我们从此在祖国的土地上开始前所未有的新生活。"父亲的眸子闪动着光芒，充满激情地说，"再说，已经有许多海外的学者，包括知名的科学家都回国定居，献身祖国的科学事业，这你都是知道的……”

“好了，好了，”母亲突然不耐烦地跺着脚说，“人各有志，我也决不勉强，但是你也不必过问我的生活。”说到这里，母亲把惊骇得浑身发抖的我从沙发上抱起来，“从今以后，你走你的阳关道，我过我的独木桥……”说罢，母亲悲情地跑进卧室，“砰”地关上门……

赵榕一口气不歇地说罢，掏出手帕擦了擦眼角。往事的回忆使她的心情难以平静。她站起来，走到阳台的栏杆旁，茫然地眺望着前面一片松林。过了片刻，她回过头来继续说道：

“我们就是这样乘兴而来，败兴而归的。父亲仍然和我们一同回到蒙特利尔。但他是个极为固执的人，我后来听说，当时不论是他最尊敬的导师费米教授，还是我的外祖父一家的劝说，甚至是母亲的眼泪和苦苦哀求，都未能打动他的心。他虽然十分爱自己的妻子，但更加不能忘怀自己的祖国，用他自己的话来说，他的血肉之躯是祖国的土地哺育出来的，他要把这一切归还祖国。终于，在一个细雨霏霏的清晨，他拎着一只不大的旅行箱，离开了枫叶如丹的蒙特利尔，他是一个人离开的，只是在登上舷梯的一刻，当他最后瞥了一眼他的妻子和唯一的女儿时，他那刚毅的脸颊滚下了一行热泪……”说到这里，赵榕的声音又哽咽起来了。

“啊，原来是这样。”罗新民像是自言自语道。

“后来呢？”梅志雄探身问道，他被赵榕的叙述吸引住了。

赵榕竭力使自己平静下来，她重又回到座位上。“啊，对不起，我把话题扯得太远了。让我还是回到我这次回国的前夕吧。”她的目光望着喷水池中央的小山，继续说道。

父亲回国以后，二十多年过去了。这二十多年一切变化得多么快啊！我的母亲已长眠地下。我自己也已大学毕业，并且留在蒙特利尔的圣路易大学生物系任教。在这个世界上我唯一挂念的人便是远隔重洋的父亲。我很早就想回国探亲，看望孤苦伶仃的老人，我也曾经多次写信，劝他趁着身体还能走动的机会，到他早年逗留过的蒙特利尔和我们一家团聚。但每次父亲来信总是说他很忙，实在抽不出时间，他说，等他忙过一阵，一定启程。他就是这样一再拖延，我当时感到非常奇怪，一个退休的工程师，孤单一人，他整天忙些什么呢？

我接到父亲临终前拍来的急电，是上个月最末的一天。大学还没有放寒假，我只好向校方请了三个月的长假，立即向航空公司订购前往北京的机票。不料，一开始就不顺利，航空公司的答复出乎我的意料。他们告诉我，连下个月直通北京的机票都已全部售完，如果我有急事，建议我取道美国，从华盛顿或者芝加哥改乘其他航班。

“先生，我有一件非常紧急的私事，能不能请你们通融通融，想想办法。”我心里非常焦急，便把事情的原委如实告诉他们。

对方沉吟片刻，同情地答道：“小姐，这样吧，我们尽力为你效劳，如果你不反对的话，请你明天下午四点三十分到本公司的办事处来一趟。”

第二天下午，我准时赶到航空公司，在十五层办事处的房间，一位棕色头发的女职员在那里接待了我。

“小姐，机票确实全部售出，幸好，经过我们联系，有一位热心肠的旅客情愿把他的机票让给你。这样一来，你明天清晨就可以启程了。”说罢，她把机票交给我，同时递给我一张印好的卡片，“这就是那位先生的地址和电话，他说他随时欢迎你，好像他还提到，他和你的什么人，对了，就是你的父亲，他说他们还是老朋友……”

我很激动，打心眼里感激这位素不相识的热心人。离开航空公司大楼，我便按他留下的地址，驱车前往他的住所——位于劳伦斯河畔的伊丽莎白饭店，向他表示我的谢意。

他叫黄子奇，也是中国血统，这倒使我更加感到亲切。当我来到灯光辉煌的饭店问讯处，刚提起他的名字，一位高个子的职员立即告诉我，黄子奇先生正在酒吧间里等我，请我到那儿和他会面。我非常惊讶。但接下来的场面更使我惊讶不已，原来黄子奇已经安排了一顿很丰盛的宴席，专程为我饯行。

“黄先生，承你谦让机票，已使我感激不已，这……”我指着桌上的菜馔，“这样破费，怎么好意思呢。”

黄子奇落落大方地笑道：“赵小姐，粗茶淡饭，请不要见笑。我也是他乡遇故人，心里格外高兴。再说，我和你的父亲赵忠凯先生同为至交，三十多年没有机会晤面，现在听说他贵体欠安，这次你回国探望，请代我问候，也算尽了我一点老友的心意。”说罢，他连连唏嘘不已。

这样一讲，我倒不便推辞，盛情难却，只好遵命了。席间，彼此谈了些无关紧要的家常，黄子奇是个健谈的人，他告诉我，当年在蒙特利尔的中国留学生组织了“留加中国同学会”，他虽然不在蒙特利尔大学，但时常和我的父亲碰面。

“赵忠凯先生年轻有为，才华出众，在当年我们中国留学生中是这样的。”黄子奇伸出大拇指，说道，“可惜呀，听说他后来一时感情冲动，毅然离开母校。要是他当时留下来，我敢打保票，那个海登堡老头子的继承人十拿九稳是你父亲……”

我见他几杯威士忌下肚，废话愈来愈多，便岔开话题问道：“黄先生近年在何处供职，什么时候到蒙特利尔的？”

他并不正面回答，嘿嘿地干笑着，掩饰地说道：“我嘛，说来惭愧，半生潦倒，仍是个浪迹天涯、行踪不定的人，正所谓‘处处无家处处家’……”他端起满满一杯酒，一饮而尽，像是有满腹难言之隐似的。接着他告诉我，他是一家泛美国际电信托拉斯的推销员，原打算到北京谈一项生意，因为接到公司的指示，要他先赴墨西哥城交涉一项合同，所以临时改变了行程。“赵女士，也许不久之后我们还会再见面的。”他醉眼蒙眬地说。

当时，我原以为这不过是一句客套话，随便说说而已，万万没有料到，这句酒后吐出的真言果然应验了。

我原来以为赶不上和父亲见最后一面，当我收到那封含意不清的电报时，我确实有这样的预感。感谢全能的上帝，当我风尘仆仆深夜赶到沼地的木屋，父亲居然奇迹般地等着我的归来，就像许多人临死前夕不见亲人不咽气一样。我的归来，使父亲感到莫大的安慰，他的精神意外地好起来。

这些日子，在父亲病危时，只有好心的刘大夫一直在他身边守护。刘大夫是我在圣路易大学的校友，回国之后在这所医院担任神经内科主任大夫。当我送他出门时，他悄声地告诉我：

“赵，不瞒你说，你父亲看来是不行了，你要有精神准备。我留了一些应急的药品，如果有什么紧急情况，马上打电话给我……”

“刘，太谢谢你了。”我望着老同学布满血丝的眼睛，心中不禁涌起一股热浪。我知道，如果没有他的精心抢救，我是肯定赶不上和父亲再见一面的。

“你回去吧，注意按时给他吃药。”刘大夫不让我送他，一个人朝黑森森的沼地走去，那里有一条不大为人所知的小径，直通五号公路。但我有些提心吊胆，他可是戴着高度近视眼镜呀！

我目送着刘大夫消失在黑暗中，一直听见他的汽车马达开动，这才返身回到木屋。从现在起，我要陪伴可怜的父亲，尽我作为女儿的职责，来弥补这二十多年的过失。的确，我是个不孝顺的女儿，二十多年我没有服侍过父亲一天，尤其是当我见到父亲住在这样荒凉的地方，我简直感到不可思议，我不敢想象他独自一人是如何在沼地生活的，又怎能忍受这种离群索居、寂寞孤独的生活。我记得当我头一眼看见摇摇欲坠的木屋，我的整个魂灵都在战栗，仿佛是在做梦，梦见自己走进了史前时代的原始部落。我是研究生物学的，我知道在今天的地球上恐怕只有西伊里安的热带丛林里，或者亚马孙河的深山密林中才会有这样简陋的“巢穴”。一年前我曾经托运了三箱适合沼地居住的轻质建筑部件给父亲，可是不知是他太忙忘记了，还是其他原因，当我到达沼地时，这三箱建筑部件还没有开箱，原封不动地堆在储藏室里，我有些生气，不等天亮，就动手装修木屋。不这样，我几乎一天也待不了……

父亲并不阻止我，反而兴致勃勃地看我布置房间。他坐在躺椅上，不时还提醒我几句，仿佛他还会继续在这里生活很久很久似的。

“爸爸，你干吗要住在这个鬼地方，这儿多叫人害怕……”我站在凳子上，抡起锤子修理那扇朽烂的窗户，一边眺望萧条荒芜的沼地，一边不禁抱怨道。

“哪里，要是你夏天来，最好是七八月份，这儿的景色比起劳伦斯河畔的水上花园毫不逊色。真的，一点儿不骗你，沼地里满目青翠，草是绿色的，水也是绿色的，连天空也是碧绿碧绿的，真是一片绿色的海洋。还有很多好看的花，你小时候不是喜欢花吗？这儿就有许多美丽的花，它们长在水里，发出浓郁的芳香，还有很多珍贵的禽鸟，它们在草窝里谈情说爱，生儿育女……”父亲陶醉在自己的幻境里，用充满诗意的口吻夸耀道，在他的眼里，沼地简直比天堂还美。

“我怎么就看不出它有什么美，夏天蚊子肯定会咬死人……”我不服气地反驳道。

“哪有的事，我在这里整整生活了十二年，不是也好好的吗？”父亲仍是那样固执，还教训我道，“你是在大都市待惯的人，不能领悟大自然固有的美啊……”他叹了口气，继续说，“其实只要在这儿待久了，你就能体会出它无可比拟的优越，这儿没有刺耳的噪声，没有被污染的空气，没有可憎的烟尘……”

“爸爸，我知道，最主要的还是没有‘人类’的干扰，”我从凳子上跳下来，抢过话说，“你可以安安静静地搞你的科学研究，对吗？”

“你呀，还是这样……”父亲会意地笑笑，“不过，我还不是孤岛上的鲁滨逊，别忘了，我还是名正言顺的自然保护区管理员。”

说罢，他得意地笑了起来。

我们就这样无拘无束地谈谈笑笑，我几乎忘记父亲是弥留之际的人，似乎仁慈的上帝可以允许我们父女长久团聚，共享天伦之乐。有一阵子，我甚至怀疑医术高明的刘大夫，怀疑他的诊断是否准确，因为父亲和我谈起他多年的经历，他的科学研究，是那样精神勃勃，毫无半点病容……

我的估计全然错误。第三天深夜，沼地上空被黑沉沉的乌云笼罩了，大风呼啸，在屋顶上盘旋，剧烈摇晃着这座饱经风霜的古旧老屋，窗外的几株脱光了叶片的杨树呜咽似的发出阵阵哀鸣，从远处、近处，不时响起令人心悸的沙沙声，像大海浪涛的喧嚣，又像是澎湃的林涛，我害怕极了。

“来，坐下，坐在这儿，”父亲见我惊慌不安的样子，指着身边的一只椅子对我说，“你听，这是沼地交响乐，多么优美动听……”他神思有些恍惚，好像在凝神倾听窗外的动静。

“爸爸，你……”我依照他的吩咐靠近他坐下。这时，父亲突然攥住我的手，用慈爱的眼光久久地凝视着我，我突然有所预感，也许这是最后的时刻。想到这，我的眼睛湿润了。

“不……不要这样。”父亲的心里很明白，他微笑着，就像我仍是个孩子似的哄着我，伸出手来试图给我抹泪。

我连忙用手帕揉揉眼睛，强颜为欢地朝他笑笑，但我的心里悲伤极了。

过了片刻，父亲把头转向通往厨房和储藏室的那扇穿堂门，

“汤姆，你也过来。”他向站在门旁的机器人召唤道。

汤姆的神色也很悲哀，也许是它明白它的主人不久于人世，或者它对我夺去了主人对它的宠爱有些嫉妒，我感觉得出来这些天它总是有点闷闷不乐，显得比平时迟钝多了。

“汤姆，你在我身边也有不少日子了……”父亲用感激的眼光望着这个忠心耿耿的仆人，恋恋不舍地说。

“先生，到目前为止，我为你服务了十一个地球年零十个月二十一天十七小时四十八分五十一秒。”汤姆毕恭毕敬地侍立着，用机器人特有的语言答道。

“谢谢，你是个聪明的、诚实的机器人。”

“我很高兴您给我这样高的评价。”汤姆连忙鞠了一躬，显得很兴奋的样子。

“汤姆，你记住，现在我要把我最后一份最重要的指令输入你的电脑：从现在起，你的主人不再是我，而是她——我的全部思想、全部精神财富的唯一合法继承人，我的女儿赵榕。你必须像对待我一样，无条件地服从她的指令，任何时候都不能违背她的意志，明白吗？”父亲提高声音，像是把全身的力气都集中起来，一字一句地说道。

汤姆显然是头一次遇到这个难题，他没有立即回答，却用疑惑的神色朝我注视了好久。

“怎么，你没有听清？要不要再重复一遍？”父亲忙问，显得很着急的样子。

“听明白了。先生，我想问问，如果她不诚实，她指示我做不应该做的事，我也无条件服从吗？”汤姆突然冒出一个怪问题。

天哪，我简直不可思议，它的电脑是怎样装配的？

但父亲并不觉得汤姆可笑，他用严峻的目光瞥了我一眼，继续对机器人说：“汤姆，任何人都不能改变你诚实的品质，如果发生这种情况——我相信是不会发生的——你可以反抗。”

“明白了。先生，您还有什么吩咐？我马上就要为新主人服务了。”汤姆的眼睛突然闪动着磷火般的绿光——我后来才知道，这是这个“铁石心肠”的机器人最为悲哀的表示。

“再见了，汤姆，我诚实的伙伴，”父亲大约受到汤姆的感染，声音悲切地说，“我们马上要分别了……”

听到父亲说出这样的话，我悲痛欲绝，难过地伏在父亲怀里抽泣起来。

只有汤姆，还继续提出一些傻瓜才会提出的问题：

“先生，你上哪儿去？为什么这一次不带我一块儿去？”

“不……汤姆，怎么对你说呢……”父亲的呼吸突然急促起来，断断续续地说，“我将要离开这儿，分解，还原，成为最基本的化学元素……我从今以后将不复存在……”

“不，不会的，先生。”汤姆仍然絮絮叨叨地说着，毫不理会我的暗示，“你放心，你的信息全部贮存在我的电脑里，你的科学研究成果，你一生经历的磁带，你的思维方法，我都无一遗漏地记录下来，你怎么会不存在呢……”

这个汤姆，他简直老实得叫人恼火。

父亲这时突然抓住我的手，像想起什么似的焦急不安地问道：“孩子，快……快告诉我，今……今天……是几……几月几号……”

我连忙回答道：“爸爸，你怎么啦，今天是十一月五日……”

“啊，十一月五日，”父亲的神思恍惚，像是在努力捕捉消逝的记忆似的，突然，他的眼睛明亮起来，闪烁着生命最后的一星火花，“记住，孩子，一切都在汤姆那儿，要快，要快……”他好像还想说点什么，但死神的翅翼从他的脸上掠过，他的生命之火渐渐黯淡了……最后终于消失在漠漠的黑夜里了。当刘大夫闻讯赶来时，父亲已经离开了这个喧嚣的世界。这时，沼地上风雪大作……

罗新民和梅志雄被赵榕所讲的故事吸引住了，他们聚精会神地听着，很少打断她的话，以至连太阳被云层遮没，天色突然变冷起来也丝毫没有觉察。他们正要听赵榕继续谈下去，以最终揭开五号公路上发生的案件的秘密，突然，一件谁也没有预料的事情，打断了他们的谈话。

这件事情就发生在他们身旁，发生在赵榕侃侃而谈的时候。当时，赵榕完全沉浸在难以抑制的激动中，她竭力把记忆中的每个细节毫不遗漏地挖掘出来，结果她忘记了一件至关紧要的事情，这桩疏忽将使她终生抱恨不已……

在赵榕和两个民警谈话时，她记得汤姆——那个机灵的机器人曾经有两次走到阳台上，远远地向她打着手势，似乎要同她说些什么。赵榕当时只顾着谈话，而且她也不愿意让汤姆介入这场不愉快的纠葛，不在意地挥挥手把机器人打发走了。她恍惚记得汤姆的神色有些悲哀，可是当时她的注意力完全不在那儿，这细枝末节的变化根本没有引起她的注意，还是罗新民的观察比较敏锐，他看了汤姆一眼，但是汤姆始终对他抱有敌意，也许它意识到赵榕此刻正在受到审讯，因此机器人没有言语，不声不响地走开了。

接着发生的事情，把他们三人全吓坏了。当赵榕刚刚说到她的父亲在风雪之夜去世时，从回廊那边慌慌张张跑出一个护士，这个年轻的姑娘惊慌失措地大声叫着：“来人啦，来人啦，这是谁家的孩子……”她的声音是那样惊恐，使人毛骨悚然。

罗新民第一个从椅子上跳起来，他冲上前拦住那个护士：“同志，怎么回事？”他问。

那个护士惊魂未定地用手指了指回廊深处，好半天才说：“我……我刚走到那儿，不知是谁家的孩子，先还是好好地在那儿走来走去，忽然他的七窍冒烟，浑身打着哆嗦，就一动不动地僵住不动了。我吓坏了，急忙上前摸了摸，谁知他手脚冰凉……”

女护士话音未了，赵榕忽然惨叫一声：“汤姆——”接着她哭叫着朝回廊那边飞奔而去……

九

汤姆死了，真的，一个机器人！

汤姆之死，对赵榕的刺激太深。她哭了，而且真动了感情，哭得那样伤心，像失去了亲兄弟一样。

然而，对于罗新民和梅志雄来说，这毕竟是一个难以理解的谜。机器人怎么还会死？而且不早不晚，偏偏发生在这个节骨眼上。在最初的一刹那，“是自杀还是他杀”这个问题一直在两个民警的脑子里萦绕。特别引起他们关注的是，五号公路上发生的案件，汤姆这个机器人是个不容忽视的角色，可是偏偏在案情即将有点眉目的关键时刻，它却突然不明不白地死去，仅仅凭这一点，他们的疑虑不但没有减少，反而愈来愈加深了。

当天晚上，罗新民和梅志雄用汽车把汤姆的“尸体”运回沼地的木屋，严格地说，这不过是一具电脑完全损坏了的机器人。赵榕也一同随车到达，当她看见两个民警把机器人抬出汽车，搬进木屋的储藏室时，也许是触景生情，她又忍不住呜呜地哭了。梅志雄向罗新民递了一个不可理解的眼色，他实在不能理解，一个机器人，哭什么呢？但是见到罗新民严峻的脸色，他把一句玩笑话咽进了肚里。

这天晚上，赵榕把事情的全部经过原原本本地告诉了两个民警，她现在已经没有任何疑虑了。她把他们当作可以信赖的朋友，她父亲的秘密可以公开宣布了，她觉得现在已经到时候了。

赵榕斜靠在沙发上，她有些疲倦，但是她执意要罗新民和梅志雄坐下来，坐在她对面的沙发上。

“赵小姐，是不是我们改日再谈？”罗新民探询地问道，实际上他希望得到对方否定的答复，因为没有什么能比立刻解开五号公路案件之谜更使他感兴趣了。

赵榕轻轻地摇了摇头。“我要讲，我要把所有的情况都告诉你们，因为汤姆现在已经死了，只有我才能把一切说清楚。”她低着头，双手转动着一只盛满矿泉水的玻璃杯，轻声地说。

罗新民和梅志雄交换了一个眼色。他们等待的时刻终于来到了。

“下午我们讲到哪里了？”赵榕仍然低垂眼帘，自言自语道，“对，我讲到父亲去世那天……”她沉吟片刻，似乎思索着该从何谈起。她呷了一口水，接着说。

父亲去世以后，我由于悲伤过度，加上连日劳累，终于支持不住病倒在床了。好心的刘大夫劝我暂时搬到他家小住些日子，他非常诚恳地说他的太太很欢迎我，而且收拾好了一间房。他还讲，像我这样一个单身女子，住在如此荒凉的沼地，虽然有汤姆做伴，总不大叫人放心。我很感谢他的好意，我回国以后，确实是处处感受到祖国亲人的温暖。但是，我谢绝了刘大夫，一来我不愿意过分打扰他，二来我也不习惯住在别人家里。刘大夫见我执意不允，便想了一个折中的办法，他把我安排在市立医院的特护病房，让我在这个幽静的环境里休养一段时间。据他说，入冬以来特护病房几乎是空闲的，到了来年夏天才有人来这儿疗养，因为这里的矿泉是全国有名的。还有，刘大夫贤惠的太太就是特护病房的理疗科大夫，她可以照顾我……

主人考虑如此周到，我再拒绝就有点却之不恭了，于是我同意搬到特护病房。汤姆听从我的指令，仍然留在沼地看守那座空荡荡的木屋，起先我还有点担心它一个人怪寂寞的，但它却木然地问道：“小姐，寂寞是一种什么概念？”

你瞧，我多糊涂，我几乎忘了它是机器人。

我起初以为休息不过三五天就可以恢复健康，可是没有料到我的体质如此虚弱，沼地潮湿阴冷的天气几乎把我毁了；加上又急又累，我搬到特护病房的当天晚上，高烧四十度，处于昏迷状态，这下可把刘大夫和他的太太急坏了。经他们诊断，是急性肺炎。等我恢复神智，可以下床走动，已经过去了三个星期。

汤姆第一次来看望我，它告诉我一个意外的消息，在我病重昏迷的时候，有人到沼地的木屋里找过我。

“谁？”我感到非常奇怪，我在本地除了刘大夫夫妇，并不认识任何人，而且我回国的行踪是极其秘密的——这倒不是我有意的，只是我行程仓促，来不及通知我的亲戚朋友。

“黄子奇先生。”汤姆告诉我。

“黄子奇，是他！”我想起在加拿大给我让机票的那个人了。

“他不是什么好东西，你要少和他来往。”汤姆突然用教训的口吻对我说。

机器人一本正经的模样，逗得我不禁扑哧一笑。我不知道汤姆从哪里得出这样坏的印象，也许是它的一种主观臆测吧。

“汤姆，你怎么可以随随便便说别人的坏话，你要知道，黄先生是我父亲的老朋友，而且这次我回国，他可是帮了大忙……”

“我完全知道，”汤姆打断我的话，接着说，“我回忆了你父亲的全部经历，是他的意识告诉我的……”

“我父亲的意识？”我愕然了，疑惑不解地瞅着机器人。

“你忘了，你父亲临终时讲过，他的全部精神财富都贮存在我的电脑里。”汤姆看我吃惊的表情，解释道，“这并没有什么奇怪的，只不过是生物电流的一种特殊处理，就像磁带把声波或者光波记录下来一样的原理。”它挥了一下胳膊，似乎这些都不屑一谈似的。

接着，它走近我，用最低的音量说道：“小姐，如果你的健康允许的话，我建议你早点离开这里，快点回到沼地的木屋里……”

“发生了什么事吗？”我暗自吃惊道。

“是这样……”汤姆用指头敲敲它的大脑袋，好像在斟酌用什么方式表达自己的思想——这对它来说倒是很罕见的，“我不知道你是否注意到，我的使用期限是十二个地球年。”过了几秒钟，汤姆突然冒出这样一句。

“你……你这是什么意思？”我突然慌了。

“这并不值得大惊小怪。我和你们人类一样同样也是有寿命的，只不过我们的寿命长短，取决于构成我们的电子元件的质量和精密程度。当初你父亲制造我的时候，很遗憾，他是用自己多年积累的一点儿钱购买的非常昂贵的电子元件。当他开始组装我的时候，我的电脑的第10377线路的一块集成电路板烧坏了，而这时他已身无分文，他是卖掉了自己心爱的手表，才勉强买到一块处理的集成电路板。这块处理品在我的身体里就像先天留下的隐患，大大缩短了我的寿命。你父亲当年已预言我的使用期过不了十二年，这几天我自己也隐隐有所预感，我想，也许我不中用了……”

“天哪，汤姆，难道不能想想办法，比如说换一块集成电路板？”我急得大叫起来，直抓自己的头发。我无论如何没有想到，机器人也会像人一样死去。

“晚了，小姐，”汤姆苦笑道，“我的身体早已定型，特别是我的电脑结构太复杂，而目前的机器人医疗学还太幼稚，那些大夫是无能为力的。”它待我安静下来，接着说，“现在最要紧的是抓紧时间，我要把你父亲的研究成果给你留下来，这是他一生的心血……”

我这时才醒悟过来，父亲临终前为什么问我那天是几月几号，而且一再叮嘱我要抓紧时间，“要快，要快，”，而我却毫不在意，早就忘到九霄云外了。

“汤姆，快告诉我，你现在的确切年龄是多少？”我心急如焚，抓住它冰凉的手问道。

“十一个地球年零十一个月十二天……”汤姆准确地答道。

“啊！”我惊叫起来。不到一个月，这简直太可怕了。而我却在病床上糊里糊涂浪费了无可挽回的三个星期……

没有任何选择的余地。我来不及和刘大夫告辞，匆匆忙忙和汤姆赶回沼地。我把自己关在与世隔绝的木屋里，争分夺秒地抢救我父亲的遗产。我下了最大的决心，不惜一切也要把父亲的科研成果整理出来，这对我来说不仅尽到了作为女儿的责任，而且，对于祖国，则是实现了父亲生前的遗愿。

汤姆和我配合得极好，它比我更加焦虑，恨不得我二十四小时连续工作，但是我毕竟是人，而不是像它那样的机器。我需要睡眠，需要吃饭，何况我还是大病初愈。谢天谢地，我们紧张地忙碌了整整二十个白天黑夜，当窗户射进金色的朝晖，新的黎明降临时，我终于从汤姆嘴里听到了一句鼓舞人心的话：

“小姐，我非常高兴，关于赵忠凯先生一生研究的精华，我已经无一遗漏地向你复述完毕。”

“真的吗，汤姆？”我从打字机上颤颤巍巍地抽出最后一页打字纸，高兴得浑身发抖。激动，喜悦，以及种种复杂的感情，使我忍不住热泪滚滚。我想，如果父亲在九泉之下知道这一切，他该是何等欣慰啊！

汤姆也很激动，它给我倒了一杯中国通化的红葡萄酒，“为了这一天，干杯吧！”它空着手做了一个很滑稽的干杯动作，逗得我哈哈大笑起来。

我兴奋极了，把喜讯第一个告诉了刘大夫，让他分享我的幸福。他听到这个消息也很高兴，并且约我晚上到他家吃饭，这一切，我倒是爽快地答应了。

我在打电话时，汤姆一直在旁边留心听着。当我挂上电话，打算回阁楼休息片刻时，汤姆却拦住我，说道：“小姐，根据你父亲事先储存的信息，我要把他的一件珍贵礼物亲手交给你，这样，我的使命就算彻底完成了。”

礼物？我暗暗纳闷。这个机灵鬼真会守口如瓶，它居然这么多天没有透露半点风声。“在哪儿？什么礼物？”我忙问。

“请跟我来。”汤姆不慌不忙地说，接着它推开穿堂门，朝储藏室走去。

我满腹狐疑地跟着它，不用说我当时的心情多么复杂。我始终不理解，父亲为什么不把礼物直接交给我，反而要兜这样一个大圈子；再说，父亲去世以后，汤姆像忠心耿耿的老管家，一直帮我清点他的遗物，从没提过有什么礼物，为什么偏在这时突然冒出什么礼物了呢？

难道它和我开玩笑不成……我这样胡思乱想，脚已迈进储藏室，汤姆站在那儿等我。

“在哪儿？”我东张西望，问道。

那间储藏室，你们是知道的，面积很小，简直没有回身的余地。除了一台电冰箱，还堆了一些废报纸、旧杂志，几乎没有什么看得上眼的东西。

汤姆好像没有听见我的询问，却伸手推了我一把，“注意，站远一点。”它说话的声调像是马上要点燃导火线似的。

我顿时后退了几步，紧张地注视着。汤姆把电冰箱稍微挪开一角，接着把手伸进墙壁，在电冰箱后面摸索着，里面好像有什么秘密机关。果然，不知什么响了一下，电冰箱连同底下的地板自动升了起来。我定睛一看，原来下面是个一米见方的黑黝黝的洞口。

“地洞！”我惊叫道。

汤姆不动声色地点点头，用异常冷静的声调吩咐道：“请跟我来，注意脚下的台阶……”

我怀着一种强烈的好奇心跟着它走下洞口。汤姆是熟悉地洞的路径的，它在前面领路，随时打开通道的电灯。我们先是下了十几级很陡的石阶，那是在整块的石灰岩上一级一级凿出来的，下到洞底，四壁都是粗糙的岩石，只有迎面有一道很狭窄的缝隙。汤姆拽着我的衣襟，我小心翼翼地低着头侧着身子钻过裂缝，前面还有一条弯弯曲曲的通道，有的地方洞顶很低，必须匍

匐爬行才能勉强通过。大约走了十几分钟，洞穴逐渐开阔起来，洞底湿漉漉的，非常滑，四周的岩壁挂满晶莹的水珠。尽管汤姆不时回头向我提醒，我还是滑了几跤，摔得全身都是泥水。好容易走完这一段艰苦的路程，我已经累得气喘吁吁了。

“到了！”汤姆蓦地站住，告诉我已经到达目的地。这时，我的眼前突然出现了一个神秘奇幻的世界，原来这是埋藏在地下深处的一座石灰岩溶洞，洞顶和洞壁挂满了千姿百态的石钟乳和石柱，在灯光的照耀下，它们美丽无比，有的像一幅巨大的丝绒帷幕从洞顶垂下，有的像一尊尊栩栩如生的奇禽怪兽，形态逼真，最奇怪的是洞穴中央有一座天然形成的石桌，旁边还有几只石凳，乍一看简直就像人工雕琢出来的。汤姆告诉我，这个洞穴是我父亲早年从一个很有名的地质学家那儿听说的，后来当他决定寻找一个安静的地方专心致力于他的研究时，他想到了这个秘洞，而且设法找到了它的入口。这样，他才毅然自动申请到沼地自然保护区工作。他的愿望实现了。他在秘洞的入口处盖了一间简陋的木屋，而这个地下的溶洞，便成了父亲秘密的工作室。

可以想象，当我头一眼看到这座阴森森的地下岩洞时，我的心情简直非语言所能形容。就在这个幽深而又寂静的地下世界，我的父亲默默地度过了差不多十二年的漫长岁月。十二年，这不算短啊，他独自一人在这里孤军奋战，锲而不舍，这需要多大的毅力啊……

我热泪盈眶，情不自禁朝石桌扑了过去……

“慢着，你不能再往前走了！”汤姆突然伸手拦住我，异常严肃地嚷道。

“为什么！你……”我生气极了，恼怒地望着汤姆，问它道。

它不动声色，仍然用机器人特有的固执态度解释道：“小姐，你的前面有一道肉眼看不见的‘过去之门’，它通向过去的遥远岁月。我这样讲相信你会理解，你的父亲赵忠凯先生毕生研究的成果就在里面。固然你已经从我这里知道了这项成果的原理和他的设计方案，但是你此刻还不熟悉它的操作规范，所以在你进入这座神秘的‘过去之门’以前，我要向你提出几个问题……”

天哪，这个死板的汤姆，我不禁破涕为笑：“你是要考考我吗？”

“可以这样理解。”汤姆毫无表情地板起面孔。它真是个不徇私情的铁心人。

“汤姆，这些日子我不是从你的电脑里把父亲的成果全都整理出来了吗……”我有些不耐烦，对汤姆这样不通情达理恼火极了。

“不要浪费时间！”汤姆打断我的话，冷冰冰地说，“在没有回答我的问题之前，你休想前进一步。”它瞅我一眼，又补充道，“请原谅，这是遵照你父亲的秘密指令，我不得不如此。”

我无言对答，只好叹了口气，垂头丧气地坐在旁边的一块石头上。我知道它的脾气，天大的本领也休想拗得过它。

“你知道你父亲发明的这台机器的设计思想吗？”汤姆提出了第一个问题。

“这台机器，叫作‘历史面貌复原机’。”我像回答老师提问的小学生，鹦鹉学舌地背诵道，“据我所知，我父亲是这样考虑的：他认为，人类的大脑最杰出的功能在于它无比丰富的想象力和逻辑思维的本领。比如考古学家仅仅根据地下发掘的一个陶罐、几块瓦当和一些残缺不全的竹简，便可以勾画出几千年以前人类社会的面貌，使我们知道我们远古祖先是怎样生活的，又是处在怎样的社会经济形态。地质学家并没有本领回到恐龙和三叶虫的地质年代，但他们同样可以凭借埋藏地下的生物化石和岩石的地质构造，复原几亿年、十几亿年以前地球的古地理形态。又比如，历史地理学家从古代文献资料的片段记载中，联系他们在野外考察的证据，也可以推断几百年甚至几千年前大自然的原始面貌。这一切都无一例外地获得了巨大的成功。但是，人类的想象力毕竟有很大的局限性，时间的河流不能逆流而上的传统概念束缚了人类的手脚，使人类做梦也不敢奢望用科学的手段再现过去已经消逝的世界……”

“说得对极了，小姐，请说下去。”汤姆突然兴奋地称赞道。

“父亲认为，人类单凭自己有限的大脑想象力，恢复过去遥远岁月的种种尝试，带来了无穷的弊病。这方面的例子不胜枚举，历史学家为了几十年、几百年前的历史人物的功过争论不休；地质学家、地理学家为了古代一条河道的位置、一个湖泊的大小甚至一块石头的来历，可以形成势不两立的两大学派，至于政治家、外交官和政府首脑，为了争论边界的走向、大陆架的范围、领海的所有权，不知花费了多少宝贵的时间，甚至不惜大动干戈，使地球上空笼罩战争的乌云。所有这一切，除了政治上的原因以外，人类无法再现过去的世界，也是其中一个最主要的原因……”

“历史面貌复原机恰恰解决了这一难题。”汤姆颇为自豪地说。

“是的，父亲穷尽毕生的精力，致力于恢复历史面貌的研究工作，他所发明的历史面貌复原机为人类打开了‘过去之门’，从此混乱不堪、莫衷一是的大自然的历史和人类社会的历史，可以重现在人们的眼前。这样，一切被颠倒的历史将要重新颠倒过来，一切被歪曲的事实就将恢复真相。历史，不论是自然界还是人类社会的，甚至是某个人的，都不会像天真无邪的女孩子一样任人打扮了……”我被自己的回答所感染，不由得激动起来。

“说得多么好啊！”汤姆双手交叉地放在胸前，大脑袋仰望着洞顶，用非常虔诚的口吻说道。

我还在等待汤姆的提问，可是汤姆说：“小姐，你真聪明，像你父亲一样聪明。现在历史面貌复原机这件珍贵的礼物可以放心大胆地交给你了……”

“真的？”我兴奋地站起来，问道，“考试合格了吗？”

“是的，”汤姆点点头，从它的贴身口袋里掏出一把式样很新颖的手枪，又从它的脖子上取出一挂银光闪闪的钥匙，对我说道，“这就是你父亲让我转交给你的礼物。这挂钥匙是开动历史面貌复原机的。记住，当你要了解某个事物的历史时，只要把机器连接在计算机网络上，把当前世界各地电脑贮藏的信息输入进去，然后用这把钥匙开启历史面貌复原机的程序控制器，这样在荧光屏上就可以出现所要了解的历史信息……”

“汤姆，如果我要和已经去世的人见面也行吗？”我的脑子里突然闪出一个念头。

汤姆会意地笑笑：“那简直太容易了。你只要把钥匙插在控制器第一个插销孔里，然后坐在椅子上闭目静息，竭力回忆你与那个人的交往，这样你的大脑的生物电流场便会自动输入历史面貌复原机的电脑库……”

“我懂了。”我急不可耐地抢着说，“那么，这把手枪又是干什么用的呢？”

“这把手枪嘛，”汤姆调皮地扣住扳机，做了一个瞄准的动作，比画着说，“这是赵忠凯先生用制造历史面貌复原机剩下的元件装配的，它的外形如同一把最普通的手枪，实际上它是最新式的磁力手枪，可以在最短的时间内，使任何生物，包括人在内的大脑电场立即发生混乱，使它处于死亡的临界状态，不过它并不会使人丧命，只有那么一点儿小小的不舒服，就像突然中风一样。”说到这里，汤姆把磁力手枪郑重地放在我的面前，说道，“你父亲让我转告你，如果有人企图利用他的发明做任何损害人类利益的坏事，就用这个对付他……”

这时候，我再也不耐烦和汤姆没完没了地谈论下去了，不待它讲完，我劈手夺过那把银光闪闪的钥匙，转身就冲进“过去之门”……

"汤姆，我去和爸爸见面。"我大声喊道，接着，冲进了"过去之门"。在这一瞬间，我的声音就像飞在空旷的原野上，虚无缥缈，无影无踪了。眼前，突然什么都改变了……

我的脚步轻盈地向前迈去，好像失去重力似的在地面上悬空而飞。眼前出现了无数光柱和光轮，它们闪动跳跃，忽明忽暗，不断变幻着扑朔迷离的光彩，有时像雨后的彩虹，有时像北极的极光，有时像天边的晚霞、水中的月影，千姿百态，美丽得叫人无法形容。

走着走着，忽然，我的手接触到一个冰凉冰凉的金属柜子，即刻，一切幻影全然消失，洞穴又重新恢复原有的黑暗。我后来才知道，通过"过去之门"，有一道强磁场封锁的帷幕，如同一面厚厚的墙。当人通过时，人体发射的生物电流和强磁场相碰，产生干扰，于是便形成一系列变幻万千的可见光……

我在暗中摸索了很久，按照汤姆事先告诉我的程序，我首先在一张皮椅子上坐下，接着打开座灯的开关。在乳白的灯光下，我发现自己走进了一间密闭的工作室，这是父亲当年在洞穴里装配起来的。我这时已经没有心思仔细欣赏这座建筑物了，我急急忙忙找到控制器上第一个插销孔，把钥匙插了进去，接着，两眼直瞪瞪地盯在对面一幅很大的荧光屏上。我的心在怦怦直跳，连呼吸也变得急促起来。我一个劲儿地强制自己冷静，冷静，我知道，我必须很好地和历史面貌复原机配合起来，才能收到预期的效果……

我的见闻倘若被新闻记者报道出去，我相信一定会被视作狂想症者的癔语。不过我相信，你们二位是不会用这种眼光看待一个科学家的。我可以向上帝发誓，啊！不必了，这也许太可笑，因为你们是无神论者。我还是谈谈我见到的一切，虽然这是难以想象的。可惜我不是文学家，不善于用美丽的辞藻来形容我见到的神秘境界，不错，这实在是太神秘、太有趣了。我仿佛站在一条时间的河流里，不过这条河和我们司空见惯的江河截然不同，它的河水是逆流而上，向上游爬行的，或者说我是在看一部电影，但是放映师却把拷贝装倒了。我所看到的故事，顺序是颠倒过来的。我一开始看到的是故事的结尾，是演员的谢幕，接着是一曲交响乐的最末一章，继而才是起伏的高潮，最后才看到它的序幕，听到它的序曲……

我在一个很大的荧光屏上，一眼就见到了父亲，周围是几个表情悲戚的脸孔，父亲像是熟睡似的躺在床上，神态非常安详。我猛然醒悟，这不就是父亲去世的那天晚上吗？站在床前的是专程赶来的刘大夫夫妇，站在他们中间掩面恸哭的不是别人，恰恰是我自己。

“赵小姐，你要节哀，不要过于悲伤。”我的耳畔传来刘太太抽泣的声音。

可是这个画面很快就隐去了。我发现荧光屏渐渐出现父亲临终前和我谈话的情景。

“孩子，快……快告诉我，今……今天……是几……几月几号……”父亲挣扎而起，用急促的声音问我。

这个撕碎人心的声音刚刚传进我的耳膜不久，转瞬间，我看见自己风尘仆仆地从加拿大赶回沼地的情景。

“赵老，告诉你一个好消息，”刘大夫兴奋地边跑边说道，“不过，你不能兴奋……”

这时，从病榻上挣扎坐起一个白发苍苍的老人，他颤巍巍地伸开双臂，朝着刚进门的我，老泪纵横地喊道：“榕儿……你可回来了……”

“爸爸……”我丢下手里的旅行箱，冲上前和父亲拥抱在一起。

我的眼泪夺眶而出，荧光屏上的我和现实中的我同时沉浸在难以言状的激动中。但是现实中的我却被眼前的画面深深打动了，我的思想渐渐离开了荧光屏，不由得沉浸在对往事的回忆

中，我想起父亲一生坎坷不平的遭遇。他抛弃了国外唾手可得的荣誉和地位，不惜离开温暖的家庭回到祖国，而且在自己的晚年隐居在地下的洞穴里从事这项不为世人知晓的科学研究，他这样做到底有多少人可以理解，他的成果又有多少人会公正地给予评价……想着想着，伤感的泪水渐渐模糊了我的眼睛。

不知过了多久，眼前的一切突然都消失了，父亲、木屋、沼地都像幻境般消失殆尽，就像做了一场很长的噩梦似的。汤姆出现在我的面前，而我却仍然坐在石桌旁冰凉冰凉的石凳上。

“不好了，小姐，有人进了地洞！”汤姆抓住我的胳膊，焦急万分地说。

我霍地站起来，惊出一身冷汗。

果然，地道里传来咚咚咚的脚步声，这声音在洞壁之间回响，显得异常清晰，而且愈来愈近。

我和汤姆急忙迎上前，向入口的方向望去，脚步声愈来愈响，像敲在我的心坎上似的。我紧张地抓住汤姆的手，猫着腰贴着岩壁悄悄前进，一种莫名的恐惧感攫住了我的心……

我们蹑手蹑脚地朝前走去，就在我们经过那条狭窄而又潮湿的通道时，突然一个黑影从岩壁后面蹿了出来。汤姆大喝一声，一个箭步像闪电似的朝那个黑影扑了过去。在这一刹那间，石壁上的电灯照亮了那个来人的面孔……

“黄子奇！”我惊叫起来……

赵榕说到这儿，戛然而止。她疲倦地闭上眼睛，长长地舒了一口气。罗新民的身体在沙发上动弹了一下，他猛地抽了一口烟，像是对赵榕，又像是自语道：“原来是这样！这就是说，五号公路上的那个家伙就是黄子奇了。”

赵榕点了点头。

十

消融的冰块像漂浮的圆木，在春潮澎湃的急流里回旋，争先恐后地向前奔去，向人们报告春天到来的信息。经历了一个漫长的冬天的蹂躏，沼地苏醒过来后，泛出了一片生机。一片片闪动着阳光的亮晶晶的水洼边，芦苇和菖蒲抽出了嫩绿的新芽，时不时响起一阵水鸟欢快的鸣声。沼地包围的那一块孤岛似的高地上，小白桦林的梢头生出一层鹅黄的新叶，桃树的花骨朵像含羞的少女，掩面躲藏在绿叶丛中，等待着良辰佳期……

春天来了，可爱的春天来到了祖国的北疆。

一列电气火车在原野上疾驰，像一条绿色的钢铁长龙，沿着一条高速铁路线，风驰电掣地前进。列车的软席卧铺车厢里，有三位读者熟悉的旅客。靠着窗口的那个女子是赵榕，她脸色严峻，目不转睛地凝视着窗外，目光中流露出无限怅惘的神色。此刻她踏上了离开祖国的归途，但是这几个月的经历给她留下的印象确实太深刻了。望着窗外一望无际的沼地，发生在冬夜的那一幕惊心动魄的场面不由得又在她的脑海中升起，使她久久不能平静……

坐在她对面的梅志雄，埋头在笔记本上圈圈点点，不时停笔凝思，两眼呆呆地望着窗外出神。在这个年轻的公安人员的生活中，第一次参加侦破的案件，比起他在公安学校听过的侦查专家的报告和许多情节曲折的侦探小说更富有实感。这些日子，他一有空就把五号公路上的案件详细地写成笔记，他不仅记录案件发生的前后经过，同时还写下自己的看法和见解。他从实际办案中深刻体会到，要成长为一个出色的侦查员，他还差得远呢。

三人中，罗新民好像是唯一没有心事的人。他背靠着柔软的沙发，双手搭在腹间，像是在闭目养神。实际上他的大脑并没有休息，这次陪伴赵榕到北京去，是要帮助她和国家专利局联系，为赵忠凯研究的历史面貌复原机申请专利，使这项成果早日为国家建设服务。除此之外，他还隐藏了一个秘密，对谁也没有公开，包括赵榕在内。他打算到北京找他的一位作家朋友，请他为赵忠凯写一本传记，表彰这位献身科学事业的爱国科学家的事迹。

车厢里静悄悄的，梅志雄翻开笔记本，目光落在下面一段文字上：

……在沼地的木屋里，那天晚上，赵榕足足谈了四个多小时，详细地谈了案件发生的经过。她告诉我们，当她和机器人汤姆在地下洞穴第一次试验历史面貌复原机时，突然发现黄子奇悄悄潜入洞穴，看来他的目标很明确，是奔历史面貌复原机而来的，这是他们垂涎已久的猎物。不过他没有料到汤姆突然暗中袭来，使他措手不及，而且汤姆手里还提着一支怪吓人的磁力手枪。这个家伙见势不妙，拔腿夺路而逃。当他逃出洞口时，企图把洞口堵死，但是他不知道电冰箱后面的秘密开关，这时汤姆的脚步声从洞底传来，愈来愈清晰。黄子奇无心恋战，急忙逃到外屋，但他还不死心，仍在房内到处翻箱倒柜。也怪赵榕疏忽，她在忙乱中把整理的资料顺手放在抽屉里，却忘了上锁。黄子奇打开抽屉，一眼发现了垂涎已久的资料，不禁喜出望外。他伸手摘下衣架上的一只鳄鱼皮包，把那一卷非常珍贵的资料塞了进去……

等汤姆和赵榕跑上来时，黄子奇早就无影无踪了。他们一检查，才发现抽屉里的那一叠有关历史面貌复原机的全部资料不翼而飞，赵榕顿时吓得面无血色，汤姆听说它的主人的成果被黄子奇窃去，不由得暴跳如雷。它二话没说，一手握着磁力手枪，连忙夺门而去，拼命地朝沼地追去。

黄子奇并不知道木屋后面还有一条通往公路的捷径。他慌不择路，加上天色已晚，不久便晕头转向了。汤姆跑得很快，它追寻不久，立刻就发现黄子奇夹着那只皮包慌慌张张在沼地上逃窜。

大概就在快要追上黄子奇的时候，机警的汤姆绕道包抄上去，躲在一片茂密的芦苇丛里。当黄子奇看见前面不远就是五号公路，正在暗自庆幸自己的阴谋得逞时，汤姆突然从芦苇丛里跳了出来，用手枪抵着黄子奇，大声喝道：“你这个老坏蛋，快把资料交出来！”黄子奇被这突如其来的机器人这一声大喝，顿时吓掉了三魂七魄，那支张大机头的手枪一举，他就吓晕了。黄子奇哆哆嗦嗦地连声告饶，伸手从皮包里拿出那一卷资料，汤姆劈手夺了过来……

就在这时，赵榕急急忙忙地追赶过来。她担心机器人在盛怒之下一枪打死黄子奇，这样一来问题就复杂了。所以她一面跑，一面大声喊：“汤姆——汤姆——”

黄子奇听到喊声，做贼心虚，便不顾一切地朝公路奔去。他三步并作两步地跑出沼地，很快就到了五号公路。不幸的事情就在这时发生了。汤姆一见黄子奇拔腿溜了，而且抢去了它主人的鳄鱼皮包，便大叫一声，扣动了扳机，磁力手枪悄然无声地射出一束强大的电磁波。等赵榕赶到时，只见黄子奇的身体晃动了几下，立即仰面朝天地倒下了。

赵榕见此情景有些着慌了。倘若追究起来，人们一定怀疑杀人凶手是她。想到这里，她一阵晕眩，差点也倒了下去。过了一会儿，她从惊慌中清醒过来，突然想起，汤姆讲过，这种磁力手枪是不会使人丧命的，黄子奇也许还有抢救的希望。她陡然振作起来，增添了勇气，便和汤姆一起走上公路，准备把黄子奇抬回木屋……

不巧的是，五号公路桥头这时突然传来轰隆的汽车发动机声，两道雪白刺眼的灯柱从桥头射来。赵榕大吃一惊，连忙退回沼地。他们只好远远地隐蔽在芦苇深处……

原来一辆过路的卡车发现了公路上僵死的黄子奇，司机见状便立即报案，而且一直等待警车到达，使赵榕无法接近……

当赵榕发现公安人员来到现场时，心里更加紧张万分。当时她很想主动走出沼地，向我们说明事情的真相，可是她顾虑重重，又怕黄子奇血口喷人，诬告她蓄意谋杀。由于没有第三者作证，她在法庭上将会处于非常被动的地位。如果公安人员把黄子奇的尸体马上运回，万一解剖验尸，那样一来，黄子奇这条老命也会断送，这岂不是……她的心情矛盾极了，她左思右想，觉得

唯一可行的办法还是把“尸体”夺回来，先救活黄子奇再说，以后再设法讲清案件真相。于是她想出个调虎离山计，小声地和汤姆嘀咕了几句，嘱咐它去转移我们的注意力。汤姆这个机器人的智力过人，它立即领会了主人的指令，马上朝沼地的另一个方向逃去，它一边逃，一边故意用磁力手枪发出一种对警犬刺激性很强的电磁波（据赵榕讲，这种磁力手枪可以任意调节频率和磁力线的强弱），这一招的确很奏效，我们的警犬黑旋风受到电磁波的刺激，立即跟踪追击，可是汤姆非常机灵，它跨过小河以后立即关闭了手枪的电磁波发生器，使黑旋风顿时失去追踪的目标。接着它悄悄地跑到桥头，趁我不备把警车开跑（该死的汤姆！凭这一点，我永远忘不了它！）。与此同时，赵榕返回木屋，给我们留下一封信，接着她气喘吁吁地从木屋后面一条隐藏的小路跑上公路。当汤姆开着警车前来接她时，我和罗新民还在桥头上一筹莫展哩……

不可否认，赵榕精密细致的安排确实是相当高明的，而且具有极大的冒险性，是急中生智的一个典型例子，连不少老侦查员都为之佩服。当然，在这个过程中也有不少破绽。比如，她窃走了警车，但很快她就发现这是一个极易暴露自己的目标，所以她把黄子奇的尸体运到特护病房，便立即把警车悄悄地开到离公安局不远的大街上，把车子扔在那里。殊不知，这样一来，恰恰把她的行踪暴露无遗。罗新民立即在各大小医院布置了公安人员，进行严密的监视，对当晚收进的病人逐一进行检查，这样我们的包围圈很快缩小，最后缩小到市立医院的特护病房……

梅志雄看到这儿，合上了笔记本。这时火车已经穿过沼地，两旁出现了一片开阔的田野。罗新民睁开眼睛，见赵榕闷闷不乐的神态，便开口打破了车厢里的沉默。

“赵小姐，你好像有些什么心事，这次回国遇到一些不愉快的麻烦，我们工作上若有不周到的地方，临走以前还请你多提意见。”

赵榕慢慢转过头，微微一笑道：“罗同志，你说得太客气了，是我给你们添了不少麻烦。”她顿了一下，指着窗外说，“刚才我又看到了父亲住过的木屋，触景生情，不免有些难过。这几天我做梦也想到汤姆，这个机器人真是怪可怜的，那天我只顾着和你们谈话，没想到它悄悄地和我永别了。我想它一定还有很多话要和我讲，可是我……”

“我们事先没有想到机器人会死，而且没有想到就是那一天……它的寿命只能维持到那天的十时三十五分……”梅志雄也感叹万分。

“汤姆是个了不起的机器人。国家人工智能研究中心决定对它的结构进行研究，说不定它还能够起死回生。”罗新民说，好像是安慰她似的。

“是吗？如果能够这样，那真是太叫人高兴了……”赵榕脸上泛起红晕。

“还有一个好消息……”罗新民故意神秘地眨眨眼睛。

“什么，你快讲讲。”赵榕急忙问道。

“这个消息一定会使你非常高兴。市科学技术委员会昨天通过一项决定，沼地上的木屋将作为本市科技馆的分馆永远保存下来，赵忠凯先生为祖国科学事业献身的事迹作为陈列馆的主要内容，让我们的子孙后代永远瞻仰学习……”

“您赠送的动物标本也一起陈列在科技馆里。”梅志雄小声地补充了一句。

赵榕听到这个激动人心的消息，顿时全身涌起一股暖流。她默默地咬着嘴唇静思着，没法抑制住内心的激动，那晶莹的泪珠不由自主地在眼眶里转来转去，像断线的珠子一样顺腮而下。不过这是幸福的泪花，喜悦的泪花。这个海外游子，从心底感谢祖国对父亲的褒奖，也深深为自己有这样的父亲而感到自豪。

过了一会儿，赵榕待心情平静下来，探身向罗新民问道：“老罗同志，听说你们已经审讯了黄子奇，我不知道该不该问，这个人究竟是怎么回事，他为什么对父亲的研究这样感兴趣？”

“这个人嘛，用什么来形容他呢，大概是属于那种出卖灵魂的家伙吧。”罗新民用轻蔑的口气答道，“不错，名义上他是泛美国际电器托拉斯的推销员，实际上，根据我们掌握的情况，黄子奇是臭名昭著的国际间谍。他接受几个国家谍报部门的津贴，专门刺探各国电子技术的最新情报，谁出价高就卖给谁。”

“是这样……”赵榕恍然大悟，“不过他是怎样知道我父亲的呢？”她仍然不甚明白。

罗新民笑道：“这个嘛，应该说是你无意中透露的。”

“我？”赵榕惊诧地叫了起来。

“别激动，的确是你！”罗新民用不容置疑的口气说道，“黄子奇对赵忠凯先生的行踪，大约很早就留意了，只不过一直得不到他的准确消息，有一个时期他甚至以为赵先生早已不在人世。说到这里，我倒是突然产生了一个想法，我认为赵先生选择沼地的地下洞穴试验他的机器，可能是有深谋远虑的。也就是说，不能单纯地用他个人的怪癖或者是为了图个安静来解释，因为赵先生非常了解他的研究成果的价值，为了不致泄露秘密，引起不必要的麻烦，他才决定对任何人都不公开。他这样做确实收到了很好的效果。将近十二年，他从我国的科技舞台上‘消失’了，异国固然对他的情况一无所知，就连国内也是不知道的。黄子奇一度曾产生了放弃注意他的念头。”

“你说得一点儿不错，我父亲也曾经这样讲过……”赵榕赞许地说。

“但是，现代科学给保密工作带来了新的困难，大约是近年，赵先生开始调试历史面貌复原机的阶段，敌人的侦察卫星发现了这个沼地上空经常出现一种神秘的电磁波，他们立即用遥感手段拍摄了沼地大量的全息照片，经过计算机处理，他们侦破了沼地木屋和地下洞穴的全部秘密。于是他们制订了一个严密的‘小白桦计划’。而这项任务的执行者就是黄子奇。”罗新民说。

“那么，他们为什么迟迟不下手呢？”赵榕反问了一句。

罗新民没有马上回答，他点了一支烟，吸了几口，这才继续说：“你知道，黄子奇是个颇有心计的老狐狸，是个不做赔本买卖的商人，在没有十分把握之前，他是不会轻易动手的。他一开始是从外围开始工作的。他很容易就打听到你的下落，所以首先把老巢设在蒙特利尔，在劳伦斯河畔的伊丽莎白饭店包了一套高级房间，装作一个观光的旅游者。实际上他对你的一举一动都进行了严密的监视。我们估计黄子奇手下还有一批人，他们打入了很多机构，潜藏很深。他足足等待了半年多，果然机会来了。你接到父亲病危的急电，这时候黄子奇立即开始第一步行动，他制造了一个假象，通过他的内线设计了一个圈套，告诉你近期机票全部售完，然后安排你和他会面，取得你对他的好感。这一步他成功了。”

“哎呀，这个家伙太狡猾了。当时我还对他千恩万谢，把他看作是个好人……”赵榕听罗新民点破，不觉大为惊诧，连声说。

“还有哩！”罗新民笑道，“就在你启程来中国的当天，黄子奇改乘下一个航班也在同一天到达北京，这恐怕是你不曾料到的吧？黄子奇这时仍在等待时机，他起初准备采用软的办法做你的工作，企图通过你的手把赵先生的全部成果鲸吞下来，因为他考虑在中国的土地上如果采用其他手段，也许会动静太大，甚至暴露他自己，但是就在这个节骨眼上，他的上级却不耐烦了，命令他迅速采取行动。据黄子奇交代，这里有两种可能，一是某大国最近提起了对我国的领土要求，他们非常担心历史面貌复原机的诞生，将要彻底戳穿他们近百年来蚕食我国领土的全部真相，使他们在谈判桌上陷入窘境。二是黄子奇从《江城日报》的一则招聘启事上获得了一个重要的情报，这个情报使他们感到事不宜迟，倘若自然保护区更换了新的管理员，他们下手就更加困难。于是黄子奇便离开北京，直趋江城，开始了他的罪恶计划。”

“不错，我当时也感到奇怪，他明明说要去墨西哥的，怎么突然到了中国，而且跑到沼地上来看我……”

“那完全是骗人的鬼话，他一直在跟踪你。黄子奇第一次到沼地找你时扑了空，当时你住在市立医院，汤姆对这个不速之客的警觉性很高，拒客于屋门之外，根本不让他进屋。黄子奇碰了一鼻子灰以后并不死心，他在沼地里潜伏了几天，企图伺机破门而入。可是他没有料到他的对手是个不吃不喝不睡觉的机器人，汤姆日夜守护着木屋，根本不容他接近。黄子奇只好怏怏而返。这样过了几个星期，也就是案件发生的那天，黄子奇和他的一名助手决定孤注一掷，和你公开摊牌。他的方案仍然是劝说你把赵先生的专利卖给他，如果达成协议，他就让你写一纸专利出让书给他。但是当他走进木屋时，出乎意料，屋子里并没有人，连汤姆也不在，这可把他高兴坏了。他警觉地四处转了一圈，看看附近有没有人埋伏，当他确信很安全时，他居然悠闲自在地坐在沙发上抽了一支烟。下面发生的事我就不必谈了，他发现了储藏室的洞口，终于和你们遭遇了……"

"太可怕了！"赵榕听了罗新民的介绍，脸色为之动容，好久没有出声。过了片刻，她仿佛想起什么似的，问道："你们说他有个助手，这个人究竟是谁？"

"很遗憾，到目前为止，这个人还是个谜。据黄子奇交代，他并不认识这个助手，只是他们接头的方式是那张画有特殊标记的《江城日报》，地点是五号公路桥头，时间是晚上六时半。我们分析，也许有这个可能。根据我们推断，当他的助手驱车前往五号公路指定地点时，忽然发现情况不妙，公路上停着一辆卡车，而且地上躺着一具尸体。很可能他从接收机里听见了那个司机向我们报案的全部谈话。这个家伙见事情败露，顿时掉转车头。他把汽车开到离国境线不远的地方，然后只身钻进密林，企图偷越国境，当然他的阴谋也没有得逞……

罗新民说到这儿，列车女服务员笑吟吟地把丰盛的午餐送进了卧铺车厢。

"来来来，说了大半天，我们还是先吃饭吧！"梅志雄起身张罗着，对赵榕说。

罗新民把一杯葡萄酒递给赵榕，自己拿起一杯白酒。

"赵小姐，我平时是不饮酒的，这次破例，为你的健康，为你这次回到祖国，也为赵先生所取得的成就……"罗新民笑着举起了酒杯。

"不，要为祖国的繁荣、科学的发达，为你们辛勤的劳动……"赵榕抢过说。

"好吧，为了这一切，干杯！"梅志雄大声地说。

"干杯！"赵榕和罗新民异口同声道。

车厢里爆发出欢快的笑声……